sinal aberto social

Luz no fim do túnel

Dora tem tudo o que uma garota normalmente quer: **montes de roupas** de grife e **nada com o que se preocupar**. Seu passatempo é pensar na casa maravilhosa que o pai vai construir, onde ela terá um quarto imenso, do tamanho dos seus sonhos. Só que a vida lhe reserva uma surpresa nada agradável: o pai perde o emprego, o **dinheiro acaba** e ela vai morar na periferia. Fim do conto de fada.

O choque, a revolta, as crises familiares, os novos amigos são a porta de entrada para um mundo que ela nem supunha existir. Do primeiro baseado às drogas mais pesadas, ela trilha todos os caminhos rapidamente.

Percorrendo o submundo, expondo-se ao perigo e à degradação, Dora vai cruzar com muitas pessoas que incentivam o consumo de drogas. Só uma **grande força** será capaz de mudar o final dessa trajetória, que é igual a tantas outras que vemos diariamente.

Não perca!

- *O universo das drogas: do deslumbramento inicial ao fundo do poço.*
- *Uma história de força de vontade, esforço e solidariedade.*

Acompanhe cada passo de Dora e se emocione com as suas desventuras e com a descoberta de que sempre é possível encontrar luz no fim do túnel, por mais **escuro e longo** que ele seja.

No final do livro, você encontra uma entrevista exclusiva com o autor de *Vida de droga*, em que ele fala da experiência de escrever sobre um tema polêmico e, muitas vezes, trágico.

Vida de droga

Walcyr Carrasco

Ilustrador: Rogério Vilela

editora ática

O texto ficcional desta obra é o mesmo das edições anteriores

Vida de droga

DIRETOR EDITORIAL · Fernando Paixão
EDITORA · Gabriela Dias
EDITOR ASSISTENTE · Fabricio Waltrick
APOIO DE REDAÇÃO · Pólen Editorial e Kelly Mayumi Ishida
COORDENADORA DE REVISÃO · Ivany Picasso Batista
REVISORA · Andrea Caitano

ARTE
PROJETO GRÁFICO · Tecnopop
CAPA · Exata
EDIÇÃO · Cintia Maria da Silva
EDITORAÇÃO ELETRÔNICA · Zin Pan e Exata

CIP-BRASIL. CATALOGAÇÃO NA FONTE
SINDICATO NACIONAL DOS EDITORES DE LIVROS · RJ

C299v
4.ed.

Carrasco, Walcyr, 1951-
Vida de droga / Walcyr Carrasco ; ilustrações
Rogério Vilela. - 4.ed. -
São Paulo : Ática, 2007
176p. : il. - (Sinal Aberto)

Apêndice
Inclui bibliografia
Contém suplemento de leitura
ISBN 978-85-08-10670-7

1. Drogas - Abuso - Literatura infantojuvenil. I.
Vilela, Rogério, 1970-. II. Título. III. Série.

06-3038. CDD 028.5
CDU 087.5

ISBN 978 85 08 10670-7 (aluno)
ISBN 978 85 08 10671-4 (professor)

2025
4ª edição, 10ª impressão
Impressão e acabamento:
Log&Print Gráfica, Dados Variáveis e Logística S.A.
OP: 294779

Av. Otaviano Alves de Lima, 4400 – CEP 02909-900 – São Paulo, SP
Atendimento ao cliente: 4003-3061 – atendimento@atica.com.br
www.atica.com.br

1

Tinha tudo que queria. Tomava *sundae* de chocolate no shopping, comprava jeans de grife, comia hambúrguer com fritas e colecionava cds dos cantores que amava. Muitas vezes se pegava pensando:

— Que vida boa!

Bastava pedir, o pai comprava. A felicidade parecia diretamente relacionada ao que podia ter. Roupas, jogos, relógios e mil coisas sensacionais expostas nas vitrines dos shoppings e faiscando nos comerciais de televisão. A mãe às vezes reclamava um pouco. Dizia que era exagero. Mas acabava concordando. Muitas vezes, no fim de semana, Dora e a família passavam horas num shopping. Ela entrava numa loja e gostava de um conjunto vermelho. Depois, ficava em dúvida com o azul. Joel, o pai, decidia:

— Leve os dois.

Cleusa, a mãe, achava que era exagero. O pai rebatia:

— Quero o melhor para minha filha.

Dora gostava de abrir o armário, para contemplar os vestidos, abrigos, camisetas, malhas, tênis e sapatos enfileirados. Gostava de separar por cor. André, o irmão mais novo, às vezes fazia piada.

— Dá pra você montar uma loja.

Era verdade. Algumas peças, Dora usava apenas uma vez. Outras, nenhuma. Era só o entusiasmo na hora de comprar. Esquecia dentro do armário. De vez em quando fazia uma faxina com a mãe. Dava uma boa parte para a empregada. Assim, sobrava mais espaço no armário para as novas roupas que não paravam de chegar.

As finanças da família iam cada vez melhor. Joel, de vento em popa no trabalho. Cleusa parara havia alguns anos para cuidar de Dora e do irmão. Prova disso eram os planos para a casa nova. Muitas noites, Dora nem conseguia dormir pensando como seria.

Os pais haviam vendido o apartamento onde moravam para comprar o terreno, em um condomínio de luxo. Era um condomínio todo fechado com muros, nos arredores de São Paulo. Dentro, só casas enormes, com terrenos gramados, muito jardim. Quase todas com piscina. A família se mudou para uma casa alugada, bem espaçosa. O arquiteto já estava contratado.

Certas noites, pais e filhos se reuniam à mesa e discutiam como seria a nova casa.

— Quero uma suíte. Um banheiro só para mim, com banheira — exigia Dora.

— Uma banheira só para você é demais — discordava Cleusa.

— A Magda tem!

O argumento era suficiente. O pai mandava o arquiteto remexer na planta. O quarto de Dora seria todo em cores bem leves. Os azulejos do banheiro, decorados à mão, com desenhos de flores. De certa forma, parecidos com os do banheiro de Magda. Só que Magda morava em uma mansão gigantesca. Não tinha somente um quarto. Mas sala, *closet*, banheiro e terraço, além do quarto propriamente dito.

Magda era a melhor amiga de Dora. Estudavam juntas num colégio particular de elite. Seus pais eram donos de uma grande fábrica de chocolate. Chegava todos os dias na escola numa perua importada com motorista. Em seu último aniversário, os pais haviam decorado o salão ao lado da piscina como se fosse uma casa noturna. Não faltavam letreiros em néon, e o bolo era enorme, com o rosto de Magda impresso no glacê. Dora nem sabia que era possível existir um bolo assim. Descobriu que havia uma empresa capaz de pegar a foto de uma pessoa e imprimi-la sobre o bolo. Foi uma festa inesquecível.

Os pais de Dora não eram ricos como os de Magda. Ambos vinham de famílias remediadas. A do pai tinha uma situação financeira pior que a da mãe. Por isso, ele dava tanta importância a essas demonstrações de *status*. A casa espaçosa, o carro importado, as compras no shopping eram um símbolo de seu sucesso pessoal. Como se ele batesse no peito e gritasse para o mundo:

— Vejam só até onde cheguei!

Dos cinco irmãos, Joel foi o único a terminar uma faculdade. Vivia no interior de São Paulo, e durante toda a infância viu a mãe dar o sangue para sustentar os filhos. Trabalhava dia e noite de caixa numa padaria, pois o pai, alcoólatra, desaparecera no mundo. Mesmo depois de adulto, ao contrário das outras pessoas, Joel sentia desagrado com o cheiro do pão quente. Lembrava da mãe levantando quase de madrugada e chegando tarde da noite com um pacote de pãezinhos na mão. Quando falavam do pai também desviava o assunto, envergonhado. Ninguém sabia onde ele estava havia muitos anos.

Joel nunca fora totalmente aceito pela família de Cleusa. Donos de uma pequena loja no interior de Minas Gerais, os pais dela agiam como se desprezassem a família de Joel. Ele sentia um certo prazer em contar que nunca precisara dos sogros para nada.

— Eu me formei à minha própria custa — orgulhava-se nas rodas de amigos.

Queria dar aos filhos tudo que não tivera na vida. Dora e André estudavam numa escola particular, onde a maioria dos alunos era formada por filhos de empresários e executivos de alto nível. Dora não era nem um pouco diferente dos colegas. Todos eles comparavam os relógios, as roupas, os tênis. Havia a marca certa e a marca errada. Quem estava por dentro usava a certa. Senão, os colegas olhavam com um arzinho de superioridade. A turma também dava importância aos carros. Costumavam fazer piada do que a mãe usava. Por sorte, às vezes Cleusa emprestava o importado de Joel. Era um alívio.

— Adorei o carro do seu pai — sempre alguém comentava no dia seguinte.

Claro que não podia disputar com amigas iguais a Magda, que usava no pulso um relógio tão caro quanto um carro zero-quilômetro, com ouro e brilhantes. Mas também não era a pior de todas. Graças ao pai, tinha a roupa e o tênis com a grife da moda. Morava numa casa grande e bonita. Dora não contava a ninguém que era alugada. Mesmo porque o aluguel seria só uma fase. Logo a casa no condomínio começaria a ser construída, como planejavam Joel e Cleusa. Teria piscina, lareira, salas enormes, *home theater*, uma cozinha repleta de armários. Só de pensar na futura casa, Dora sentia-se muito orgulhosa.

A família costumava passear no condomínio. Admiravam as casas sendo terminadas. Os pinheiros crescidos. O pai punha a mão no ombro de Dora, carinhoso:

— Logo, logo, estaremos morando aqui.

Durante a semana, nem Dora nem André costumavam ver o pai. Joel trabalhava muito. Saía cedo. Ao chegar em casa, os filhos já dormiam. Para compensar, alugava apartamentos na praia, quando fazia sol. Corria com os filhos pela areia, catando conchinhas. O que não era nada fácil. Na maior parte das praias é muito mais simples encontrar garrafas vazias de refrigerante, sacos plásticos, palitos de sorvete e todo tipo de lixo. Joel comentava:

— Um dia também teremos uma casa de praia.

— Quando, pai, quando? — entusiasmava-se Dora.

— Depois de construirmos a casa nova — ele prometia.

Com frequência, nos fins de semana, iam também às casas de chefes e amigos de Joel, em churrascos feitos à beira de piscinas. Dora nunca se esqueceu de uma mansão com uma piscina olímpica, toda em pastilhas azul-marinho. Fora

construída especialmente para o filho do dono da casa treinar. Ouviu dizer que o rapaz queria ser nadador. Depois, tinha desistido de tudo. Fora viver no estrangeiro. Dora não entendia como alguém era capaz de abandonar uma casa tão sensacional. Nos almoços nessas mansões, todos esbanjavam simpatia. Mais tarde, no caminho de casa, o pai comentava, orgulhoso:

— Você viu como o diretor tal e tal me tratou bem?

— Eles gostam muito de você — concordava a mãe. — Seu futuro na empresa está garantido.

Dora ouvia os pais falarem durante horas das atenções dos chefes. Chegava em casa orgulhosa. Seu pai era admirado. Subiria cada vez mais. Quem sabe? Um dia seriam tão ricos quanto Magda.

Às vezes, quando assistia à televisão, Dora nem conseguia acreditar. Gente lutando por terra, gente vivendo na rua. Era como se estivesse em outro país. Não que fosse cega. Ao atravessar as ruas da cidade, de carro, via o que estava acontecendo lá fora. Crianças pedindo nos semáforos. Filas de gente para pegar ônibus. Ouvia falar de assaltos. A mãe vivia com medo de violência. Só andava de carro com os vidros fechados. Dora via tudo de longe. Era confortável saber que estava protegida contra tudo isso.

Problemas cotidianos existiam. Mas ficavam pequenos quando pensava no futuro, com a bela casa, mais um carro zero na família, mais compras no shopping.

Um dia, tudo mudou.

2

O pai chegou em casa mais cedo. Quando ouviu o carro na garagem, Dora estranhou. Desceu as escadas correndo. Queria mostrar uma pulseira de lã trançada. Fizera igualzinha ao desenho de um livro. Surpreendeu-se.

— Papai estava com cara de guarda-chuva fechado — contaria mais tarde ao irmão.

Parecia doente. Ia falar, mas Cleusa entrou logo atrás. Por coincidência, chegara das compras no shopping praticamente ao mesmo tempo. Assustou-se:

— Em casa, já?

— É.

Aquele *é* tinha um som horrível. Cleusa e Joel se olharam. Ela fez um sinal com a cabeça.

— Dorinha, sobe. Eu e seu pai precisamos conversar.

Ficou com uma raiva danada. Odiava quando mandavam subir, como se não fosse capaz de entender. Botou as orelhas de alerta. Falavam baixinho. A voz dele tinha um tom estranho. Como se houvesse uma lixa na garganta. No jantar, continuou sem saber o que estava acontecendo. Nenhum dos dois comentou sobre o problema. André também sentiu o clima.

— Tem coisa acontecendo.

Embora mais novo, o irmão tinha jeito para entender os pais. Dessa vez, nem ele conseguiu decifrar o que estava acontecendo.

— Nunca vi os dois assim — comentou.

Durante alguns dias, nem o pai nem a mãe se abriram. Dora só descobriu a verdade por causa da excursão. Foi uma promoção que surgiu lá na escola. Viagem para a Disney nas férias.

Um rapaz da agência de turismo foi de classe em classe. Distribuiu uns folhetos super legais, repletos de fotos coloridas. O guia seria um ator de novelas, do qual Dora era fã. Apesar de ser a Disney, não era uma excursão para crianças. Haveria uma boa programação, com idas a casas noturnas e shows. Decidiu pedir a viagem como presente de Natal. Estava certa de ir. Muitas amigas estariam na excursão. Várias já conheciam a Disney, e até Paris e Londres. Uma fora até o Canadá com a mãe, mas odiou porque era muito frio. Dora se sentia por fora quando falavam em viagens. Desta vez, era sua oportunidade.

Mal entrou em casa, tirou os folhetos da mochila. Botou na mesa. Falou da viagem, animada.

— Olha, mãe, este aqui é o hotel.

Cleusa nem pegou a papelada. Ficou em silêncio. Respirou fundo:

— Não vai dar, minha filha.

Ficou furiosa. Como, não ia dar? Tinha sido ótima aluna, bem que merecia um super presente de Natal. Além disso, o que diriam as amigas? O que diria Magda, se não fosse? Insistiu:

— Ah, mãe, eu quero, eu quero!

— Fica quieta, Dora! Será que não entende o que está acontecendo?

Como entender, se ninguém contou?

— Fala, mãe. Por que eu não posso ir?

Finalmente, a mãe confessou, como se falasse de uma coisa vergonhosa:

— Precisamos economizar.

— A viagem é baratinha!

— Não vai dar, Dora. Seu pai foi despedido.

Foi um choque. Os chefes não gostavam dele? Não o convidavam para ir a churrascos nas mansões? Agora estava cumprindo aviso prévio. Parecia impossível! Os pais de alguns colegas de classe também haviam perdido o emprego. Alguns nem pagavam mais a mensalidade. Duas meninas haviam saído no meio do ano. Mas isso não podia acontecer com seu pai!

— O banco passou por problemas sérios. Foi comprado por outro banco, estrangeiro. Muita gente está saindo.

Teve um calafrio. Lembrou-se de conversas que ouvia na escola. O tio de uma amiga estava havia cinco anos sem arrumar emprego. Acabou vendendo a casa para montar um negócio.

— O pai acha outro emprego logo, não acha?

A mãe abraçou-a. Tinha mania de abraçar quando estava preocupada. Cleusa falou num tom esquisito. Como se não tivesse certeza do que dizia.

— Claro, filha, é só uma fase.

Nas semanas seguintes, começou a entender certas conversas de seus pais. Frases perdidas que antes nem mereciam atenção. Foi formando um quadro. Parecia que na área dele muita gente procurava emprego. Muitos aceitavam salários mais baixos. Um conhecido, depois de um ano batendo de porta em porta, comprou um táxi. Apavorou-se ao ouvir a mãe espantada:

— Com diploma universitário e dirigindo táxi.

André também sabia de histórias parecidas. O pai de um amigo havia vendido tudo para pagar dívidas.

— Ele saiu da escola antes de terminar o ano. Está ajudando o pai a vender cachorro-quente numa perua parada numa esquina.

— Que horror! — espantou-se Dora. — Imagine, ficar o dia todo de pé, botando salsicha no meio do pão!

Teve ódio quando André comentou, como se fosse a coisa mais natural do mundo:

— Se o pai vendesse o carrão, podia comprar duas peruas. Eu ajudava numa e você na outra. Dava pra comer *hot dog* até sair pelas orelhas! Soube de um sujeito nos Estados Unidos que começou vendendo *hot dog* e hoje é milionário!

Ah, que vontade de dar um tapa!

— Guloso! Tomara que você se afogue numa banheira de maionese com mostarda e ketchup! Nunca quero passar por essa humilhação!

— Girafa! Você parece aquela girafa do Zoológico, de tão metida! Sempre de pescoço pra cima!

Deu mais raiva ainda. Odiava ser chamada de girafa, porque era alta e pescoçuda. Preferia que dissessem que parecia um cisne.

— Porco, porco guloso!

— Porca é você, que deixa a cama desarrumada.

André tinha horror de ser chamado de porco. Sempre fora muito gordinho, com a cara bem redonda. O nariz até parecia um focinho. Mas, no caso da cama, não estava mentindo. Dora só arrumava quando a mãe exigia. Ele, ao contrário, mantinha o quarto bem organizado. Um puxa-saco da mãe, na opinião de Dora. Apesar da raiva, conseguiu se controlar. Queria continuar a conversa. Sobretudo, impedir que ele desse essa ideia maluca ao pai.

— E se minhas amigas vissem você e o pai vendendo *hot dog*, André? O que a Magda ia falar?

— E eu com a Magda? O pai dela vende chocolate, o que tem vender *hot dog*?

Impossível argumentar com o irmão. Não dava pra entender a cabeça dele. Depois, sozinha na cama, refletiu. Era exagero, certamente. O pai tinha o terreno, o carro... não eram pobres. Não seria preciso vender *hot dog*. Ele encontraria um novo emprego. Até melhor.

O aviso prévio acabou. Dora estranhava ver o pai no café da manhã ainda de pijama. Pai e filha se encaravam desconfortáveis. Joel abria o jornal. Fingia sossego. Semana após semana, recortava anúncios. Passava horas no computador, montando currículos. Cleusa deixou de passear no shopping. Dois meses depois, despediu a empregada. Ficou com uma faxineira três vezes por semana. No outro mês, desistiu da faxineira. Pediu que Dora e André ajudassem na limpeza da casa. Dora sempre tentava fugir dos pratos.

— Depois eu lavo.

— Deixa de história, vá lavar agora!

O pior é que André achava divertido lavar pratos. A mãe apontava:

— Olha o exemplo do seu irmão.

Era difícil acreditar que não conseguiam mais pagar empregada. Só teve noção da gravidade das coisas no dia da briga por causa do telefone. A avó materna ligava todos os dias, a cobrar. Conversava horas e horas. Naquele mês, quando chegou a conta, o pai conferiu com a caneta. Depois, mostrou:

— Cleusa, a conta está alta demais. Muito interurbano.

Quatro meses antes ele nem ligava. A mãe não falou. Gemeu:

— Como vou dizer para minha mãe?

Primeira vez, os pais discutiram feio. Joel teimou. Os interurbanos deviam acabar.

No dia seguinte, ouviu a mãe falar constrangida para a avó:

— Se a senhora não ligasse a cobrar... o Joel...

Houve uma pausa. A avó devia estar fazendo perguntas do outro lado da linha. Subitamente, Cleusa começou a falar e falar. As lágrimas foram rolando, rolando. Falou da situação financeira, cada vez mais difícil. O dinheiro escorrendo pelos dedos, com tantas despesas. Dois carros, a escola...

— O André precisa de um tênis novo, a senhora nem sabe quanto custa! — ela se lamentava.

Quando o telefonema terminou, Cleusa sentou-se à mesa, o olhar vazio. Nunca mais esqueceu os olhos da mãe naquele dia, como se o mundo tivesse desabado.

A briga por causa da conta de telefone foi o estopim de muitas outras. A falta de dinheiro deixava todos nervosos. Joel e Cleusa pareciam gato e cachorro. Com frequência, ela ouvia a mãe falando como se culpasse o pai:

— Muita gente anda conseguindo emprego. Você é que não se esforça.

— Como não me esforço? Você não tem o direito de dizer isso!

Começava a discussão.

O dinheiro acabou totalmente em seis meses. Um dia, ligaram do banco. Era preciso cobrir dois cheques. Até o limite do cheque especial se esgotara. Foi um sufoco. O pai pegou emprestado de um amigo. No dia seguinte, vendeu o carro importado.

— Como você pôde entregar um carro daqueles por uma miséria? — assustou-se a mãe.

— É o que pagam. Desvaloriza muito depressa.

— Você é que não soube procurar. O marido de uma amiga minha vendeu muito melhor um carro do mesmo ano.

O pai respondia. Nova briga.

Com o tempo, Dora e André acostumaram-se a subir e ficar jogando, enquanto lá embaixo as vozes subiam e baixavam, num ritmo já conhecido. Em três semanas, os irmãos perceberam que o dinheiro do carro também estava acabando.

— Como a gente vai viver de agora em diante? — assustou-se Dora.

A avó materna tentou ajudar. Continuava ligando, sem ser a cobrar. Cleusa propôs, certa noite:

— Minha mãe disse que podemos ir para a casa dela.

— Não quero mudar pra aquele fim de mundo! — gritou Dora.

— Fique quieta, você não dá palpite.

— Pois desta vez a Dorinha falou o que é certo — defendeu o pai. — Nós não vamos para a casa da sua mãe. Ela nunca gostou de mim.

— Prefere passar fome em São Paulo?

— Não estamos passando fome.

— Já estamos raspando o fundo do tacho. Onde vamos arrumar dinheiro?

Joel tinha outras razões para recusar a ajuda.

— Se eu for embora daqui, sem emprego, nunca mais arrumo coisa boa.

— Pelo que eu sei, você não arruma nem coisa ruim.

— Não precisa me humilhar.

— Só estou tentando resolver a situação.

O bate-boca começou. Dora e André haviam descoberto que, nesses momentos, o melhor era ficarem calados.

Cleusa também procurava emprego. Recortava anúncios. Fazia entrevistas. Nada. Dora ouviu quando ela desabafou com uma amiga:

— Não me querem nem para recepcionista! Dizem que passei da idade.

— Você, tão moça, nem dá para acreditar!

A mãe continuava, a voz triste, horrível de se ouvir.

— Eu podia ter uma carreira. Ser capaz de segurar as pontas numa crise dessas. Larguei emprego e faculdade. Agora ficou mais difícil.

As amigas já sabiam da situação de Dora.

— Faz tempo que seu pai está desempregado?

Tomou coragem. Magda era tão amiga! O pai dela poderia ajudar, afinal era dono de uma das principais empresas do país. Como não tivera a ideia antes? No intervalo, chamou a colega num canto:

— Será que seu pai arruma emprego pro meu?

Magda a mediu com os olhos. Respondeu, fria:

— Sei lá... isso não é comigo. Tem tanta gente procurando emprego, o meu pai vive falando que é um inferno.

Dora observou a corrente de ouro que Magda trazia no pescoço, com um coraçãozinho de ouro e rubi na ponta. Antiga, herdada da família. Sentiu uma enorme revolta. Um gesto do pai da amiga poderia resolver tudo! Dias depois, uma menina que nem conhecia direito comentou:

— Eu não sabia que você era pobre.

Rubra, Dora nem conseguiu responder. Era horrível ouvir aquela palavra: pobre! Parecia defeito! Correu para o banheiro. Chorou em silêncio.

E se o pai nunca arrumasse emprego? Iria vender *hot dog* na esquina? Ela, Dora, deixaria de estudar para passar o dia todo de pé, botando maionese no meio do pão, catando salsicha na água quente, espirrando mostarda e ketchup? Magda e todas as amigas passariam de carro. Ririam dela.

A família já estava no limite. Desesperada, Dora não sabia o que podia acontecer.

Mas tudo mudou novamente. Exatamente sete meses depois que o pai perdeu o emprego, surgiu uma solução.

Uma solução capaz de modificar ainda mais a vida de sua família.

3

Expressão séria, pensativa, a mãe lia um fax. Ficou um tempão, absorvendo letra por letra. Quando o pai chegou, bem mais tarde, continuava sentada na mesma posição. Joel estava exausto. Cleusa perguntou, com esperança:

— Como foi?

Apenas uma entrevista como tantas outras, ele respondeu. Conseguida a partir de um anúncio de jornal. O possível chefe examinara seu currículo. Elogiara.

— Terminou com uma conversa mole, dizendo que qualquer coisa telefona. Deu pra ver que já escolheu outro candidato — comentou Joel, desanimado.

Cleusa estendeu o fax.

— Chegou hoje de tarde.

O pai leu rapidamente. Ao terminar, releu, dessa vez com calma. Trocou um olhar com Cleusa. Chegara o momento de conversar sobre o conteúdo da mensagem. A mulher mandou:

— Dora, André, para o quarto.

— Mas...

— Nem mas, nem meio mas. Subam.

No alto da escada, André comentou o óbvio:

— Só pode ser alguma coisa importante.

— Tem jeito — concordou Dora.

O casal começou falando em tom calmo, pausado. Como tantas outras vezes, as vozes se alteraram. Dali a pouco, a discussão chegava até o quarto.

— Você não vai — a mãe dizia.

— Ficou cega, surda, muda, a ponto de não entender nossa situação?

— Podemos ir pra Minas, pra casa dos meus pais.

— Viver com a sua mãe? Nunca!

— O que é que tem a minha mãe? Foi a única que nos estendeu a mão. A sua só sabe pedir dinheiro emprestado.

— Não precisa atacar minha mãe, que deu duro a vida inteira para criar os filhos.

— Pelo menos na casa do meu pai não vai faltar nada.

— Será que fiz uma faculdade para passar a vida vendendo sombrinha estampada na loja do seu pai? Pra que estudei, lutei? Cleusa, eu estava esperando uma oportunidade! Ela chegou, finalmente! Você não é capaz de compreender?

— Oportunidade? Ir se enfiar no meio da floresta amazônica?

— É uma ótima oportunidade. Você sabe que é! É uma

chance de começar numa nova área, numa empresa que está se formando agora!

— E nós, você não pensa em nós?

A discussão continuou a noite toda. Dora e André deitaram tarde. Nem desceram para jantar. Exaltados, os pais também nem se lembraram de chamá-los. Nenhum dos dois entendia o motivo da briga. Era um emprego, não era? Dora ainda tentou ter esperanças. Tudo talvez voltasse a ser como antes. O pai compraria outro carro importado. Construiria a mansão. Sim, quem sabe ainda teriam casa com piscina!

Mas por que a briga? Dora adormeceu com uma sensação desagradável. Ao descer, de manhã, foi pior ainda. O pai tinha amanhecido no sofá. Notou a roupa amassada. De cara amarrada, a mãe saiu da cozinha, com o leite e o café. Ele se levantou, com jeito de quem não tinha dormido. Surpresa, Dora viu que estava quase na hora da aula.

— Hoje vocês ficam em casa. Precisamos conversar — Cleusa explicou.

Dora e André se entreolharam. A conversa prometia ser horrível. A garota lembrou-se de um livro sobre pais que se separavam. Quando chamavam os filhos para a tal conversa, era para comunicar a decisão. Tomou coragem:

— Vocês vão se separar?

A mãe abanou a cabeça:

— Não seja dramática.

O pai, que fora ao banheiro, voltou de rosto lavado. Penteado. Olhos vermelhos, expressão preocupada. A conversa começou. Os pais tentavam explicar, mas estavam nervosos e confusos. Dora e André demoraram para entender. Em resumo: não era uma separação. Ou melhor, era, mas não era. Ou talvez fosse.

Surgira uma proposta de emprego, sim. Numa empresa que estava sendo criada no Amazonas. Inicialmente, ele cuidaria da implantação de um centro de armazenamento e extração numa cidadezinha na beira do rio, pendurada na selva. Mais tarde, poderia morar em Belém do Pará.

— O trabalho parece interessante. É uma empresa que exporta plantas e ervas nativas, como o urucum, para fabricação de cosméticos. Precisavam de um gerente, um faz-tudo

AMAZÔNIA
BRASIL

que também fosse advogado. Fui escolhido porque conheço bem as leis sobre exportação, graças ao banco.

— Vamos morar no meio dos índios?

— Bem que eu queria morar com os índios — disse André. — Podia andar pelado o dia todo!

— Fica quieto, porco! — irritou-se Dora. — Se você for pra floresta, vai virar comida de jiboia.

Em outra ocasião, os pais até ririam da briga. Dessa vez não acharam graça alguma. Com voz pausada, Joel explicou que seus conhecimentos sobre a floresta amazônica e os índios deixavam muito a desejar. Havia muitas cidades no interior do Amazonas. Mesmo nas aldeias, índios não andavam pelados. Tribos mais primitivas, sem contato com os brancos, talvez ainda existissem. Mas esta era outra história.

— O que importa é que não vamos com seu pai — explicou Cleusa.

Então era isso! Cleusa e Joel tentaram ser lógicos. Seria apenas um contrato de experiência. Joel conhecia exportação, mas nunca trabalhara na área. Talvez tivesse recebido a proposta porque poucos advogados aceitariam o cargo. Mudaria de vida, por um salário bem mais baixo do que tinha antes.

— Fui indicado por uma agência de empregos. Quando fiz a entrevista, não me disseram o que era, exatamente.

Joel também não conhecia a cidade onde iria viver. Os problemas que teria de enfrentar. Parecia lógico que fosse sozinho, pelo menos inicialmente. Tudo isso, porém, era apenas meia verdade. Ele e Cleusa não teriam discutido a noite toda se fosse tão lógico. André tomou coragem:

— Mas vocês estão brigando, não estão?

A mãe suspirou.

— Não é exatamente uma briga. Eu e seu pai precisamos dar um tempo. Pensar. Vocês vão ter que compreender. Eu acho... sabem, eu acho que a falta de dinheiro fez certos problemas que estavam escondidos aparecerem.

A xícara de café com leite foi sumindo da vista de Dora. O mundo girava. Quase caiu para trás. Sentiu o abraço do pai.

— Não chore, filhinha. Sempre vou falar com você.

Pais e mães tomam decisões capazes de mudar toda a vida dos filhos. Na maioria das vezes, como no caso dela, não se podia dar palpite. Ah, que vontade de ter idade suficiente para não depender de ninguém. Arrumar seu próprio emprego!

Apesar de tudo, o pai parecia aliviado.

— Tudo está se encaixando — ele explicou.

Alguns dias antes, um comprador se interessara pelo terreno em Alphaville. Queria dar um apartamento pequeno e uma quantia em dinheiro, para completar. Joel recusara. Pensava em vender o terreno à vista para abrir um negócio próprio. Agora a proposta tornava-se bem atraente. O apartamento viria a calhar.

— Vocês mudam para lá. Nos livramos do aluguel. O dinheiro da diferença ajudará a manter a casa nos primeiros meses. Aí, passo a mandar parte do salário. Sua mãe também acaba arrumando alguma coisa. Tudo vai se ajeitar.

Nos dias seguintes, Dora passou a maior parte do tempo no quarto. Era horrível se sentir inútil. Incapaz de ajudar. Uma vez decididos, Joel e Cleusa apressaram-se. A mudança coincidiu com o final das aulas. Ele partiu um mês antes para trabalhar na Amazônia. Com a venda do terreno, Cleusa acertou as mensalidades atrasadas do colégio. Mandou pintar o apartamento. Tudo aconteceu rapidamente.

Quando Dora foi conhecer o apartamento, teve um choque. Era na periferia. Não que fosse um bairro miserável. Era um bairro repleto de sobradinhos geminados com garagem com portão de ferro e um carro velho dentro. Mais adiante, um grande conjunto habitacional popular. Em torno, umas casas bem pobrezinhas, algumas só com reboco, sem pintura. Aqui e ali, alguns condomínios de prédios grandes, gradeados. O apartamento ficava num desses condomínios, com quatro edifícios. Havia um jardim, uma guarita com porteiro e uma vaga na garagem subterrânea. Só havia uma casa bonita, na opinião de Dora. Era um sobrado de esquina, coberto de pastilhas coloridas e pedras vermelhas. Dora odiou o bairro.

Na escola, quando souberam que ia se mudar, quiseram saber para onde. Dora tentou esconder, mas descobriram. André havia contado para todos os colegas, e um menino revelou para a irmã, da classe de Dora.

— Vila Cantareira, nunca ouvi falar — comentou Magda, nariz torcido.

Dora quis se enfiar no chão. Sentiu o olhar de desdém da outra.

Passaram o Natal em Minas. A avó reclamava.

— Deviam ter vindo para cá, como eu disse!

A mãe evitava discutir o assunto.

Os presentes foram péssimos. Da mãe, Dora ganhou um cd. Ela, que sonhava com a viagem à Disney! A avó tinha mania de dar presentes úteis, mas seu gosto era completamente diferente do da neta. Dessa vez, apareceu com uma saia pregueada, verdadeira peça de museu. Dora odiou. Cleusa exigiu que usasse, para não fazer desfeita.

— Adorei, vovó — teve que dizer.

De volta a São Paulo, mudaram-se para o apartamento. Dora passou o dia emburrada. Nem quis ligar para as amigas. Nem telefone tinha! Os primeiros dias no apartamento foram cheios de angústia. Tinha horror de olhar pela janela, observar as ruas malcalçadas. André, sempre otimista, também andava de farol baixo.

— Eu soube que sábado passado, no bar da outra quadra, teve até tiro.

— Quem contou?

— O porteiro. Diz que é perigoso sair depois que escurece.

Sentia-se presa no quartinho minúsculo. Depois de colocada a cama, mal dava para abrir a porta. Uma diferença enorme do quarto anterior. Um abismo em relação a seu sonho de ter uma suíte com banheira de hidromassagem. Embora fosse uma sorte ainda ter seu próprio quarto, segundo a mãe.

E a saudade do pai?

— Vocês se separaram só por causa do dinheiro?

Cleusa refletiu. Também não entendia como as coisas degringolaram daquele jeito.

— Eu não sei o que deu errado, Dorinha. Acho que eu e seu pai passamos muito tempo só pensando em dinheiro, dinheiro e dinheiro. Quando faltou o dinheiro, deu um vazio. Eu não sei explicar.

— Mas vocês vão voltar, não vão?

— Quem sabe? Eu mesma não sei o que pode acontecer.

A vida tomou um novo rumo. Apesar da fila imensa, Cleusa conseguiu matrícula para os filhos numa escola da rede pública. Por ser perto do condomínio, ambos poderiam ir a pé.

— De hoje em diante, viveremos de outra maneira.

As obrigações domésticas se tornaram definitivas. Nem pensar em empregada. Dora tornou-se responsável pelo almoço. Deveria esquentar a comida, pôr a mesa e lavar os pratos. André arrumaria as camas. No sábado, seria a faxina geral. Cleusa logo começou a procurar emprego.

Até o início das aulas, Dora mal saía de casa. Ia só até o jardim do prédio e voltava. Sem telefone ficava mais difícil procurar as amigas de antes. Um dia tentou ligar para Magda do orelhão. Esta estranhou:

— Como é que alguém pode não ter telefone?

Dizer o quê? Certas coisas que pareciam normais, na verdade, custavam muito caro. Mas, com todo o dinheiro do pai, Magda nunca seria capaz de entender. Apesar da má-criação da amiga, sentia saudades. Antes, trocavam confidências, emoções. Queria tanto revê-la! No final do telefonema, Magda convidou Dora para tomar banho de piscina. Cleusa proibiu.

— É muito longe.

— Mãe, você me leva.

Cleusa conservara seu carro, última lembrança dos bons tempos. Recusou-se.

— Dorinha, sei que não é fácil se acostumar. Mas não posso continuar a ser sua motorista. Preciso achar emprego.

— Deixa eu ir de ônibus!

— Gastar dinheiro com condução, à toa? Não, não e não! Faça novas amizades, aqui no bairro.

Tornou-se impossível visitar as antigas amigas. No íntimo, Cleusa acreditava estar fazendo o melhor para a filha. Dora devia se acostumar aos novos colegas e ao novo bairro. Não imaginava o quanto Dora se sentia desprotegida, perdida e solitária. Não queria fazer amigos naquele bairro de periferia. Sonhava com as casas de suas amigas ricas. Como se a vida anterior fosse um conto de fadas, do qual tivesse sido expulsa. Não conseguia entender como André se adaptava depressa àquela vida. Apesar do choque inicial, ele logo começou a fazer amigos. A jogar bola num campinho próximo.

Dali a algum tempo, Cleusa tornou-se corretora numa pequena imobiliária. Sem ganho fixo, dependia de comissão.

— Se conseguir alugar ou vender algum apartamento, posso até ganhar bem — explicou aos filhos.

Dora queria que o mundo explodisse.

Também não gostou da nova turma da escola. Foi péssimo chegar a um lugar onde não conhecia ninguém. Pior, nem queria conhecer. Surpreendeu-se na entrada, ao ver André já enturmado batendo papo com uns meninos. Sua atitude foi outra. Sentou-se no fim da fileira. Crítica, rodou os olhos pela turma. Presilhas de plástico baratinhas nos cabelos das colegas. Alguns garotos tinham tênis encardidos, bem velhos. Um aluno estava de camiseta regata. Tinha uma tatuagem de dragão no bíceps e cabelos compridos, cacheados, bem despenteados. Fixou o olhar na tatuagem. Quando ergueu o rosto, percebeu que ele a encarava. Sorria. Virou de lado, fazendo questão de demonstrar que não ligava para ele.

No intervalo, ficou num canto. Não pretendia puxar conversa com ninguém. Duas meninas vieram bater papo. Perguntaram quem era, de onde vinha. Evitou responder. Não queria saber de fofoca. O que queriam, afinal? Nem em sonhos falaria sobre os problemas da família. Uma elogiou o relógio.

— Ganhei do meu pai.

— Ele deve estar montado na grana — comentou a garota.

Silenciou. As meninas desistiram de puxar conversa. Assim que elas saíram, o garoto da tatuagem aproximou-se.

— Você é nova, é? Qual o seu nome?

— Dora.

— Eu sou o Teo. Mas o povo me chama de Tigre.

Nem respondeu. Achou *Tigre* simplesmente ridículo. Parecia mais um gato vira-lata, com os olhos puxadinhos e a juba despenteada.

— Quer um conselho? Não vem com esse relógio não. Dá muito na vista.

Não gostou. E se ele estivesse alertando para depois meter a mão sem despertar suspeitas?

— Pode deixar que eu tomo conta.

Percebendo a frieza, Tigre afastou-se. Terminada a aula, ela foi diretamente para casa. Emburrada. Ficou ouvindo música. Estava quase adormecida, quando ouviu a porta bater. André acabava de entrar, com a camiseta rasgada, o rosto arranhado. Descalço.

— Roubaram meu tênis.

Contou, assustado. Fora visitar um colega de classe. Um amigo que fizera no bairro, logo após a mudança. De volta, na virada da esquina, foi cercado por três marmanjões. Perdeu o tênis.

Até a mãe, que vivia fazendo cara de contente e dizendo que o bairro era ótimo, dessa vez não teve forças para disfarçar. Quase chorou.

— Será que a gente devia ter ido pra Minas, com meus pais? Será?

André mostrou que tinha uma personalidade forte.

— Deixa pra lá, mãe. Eu é quem dei mole, saindo com um tênis daqueles. De amanhã em diante, cuido mais.

Antes de sair, no dia seguinte, Dora hesitou, com o relógio na mão. Resolveu deixar em casa. Depois pensou no tal de Tigre. Quem sabe ele tivesse boa intenção.

Dora odiava o bairro, mas não podia fugir. Quis se acostumar com a nova vida. Fez um esforço. Começou a bater papo com as colegas. Era difícil. Elas gostavam de outro tipo de música. De roupa. Chegou a ir na casa de uma das novas amigas, fazer um trabalho de escola. A mãe fazia salgadinhos para fora. A casa toda cheirava a fritura. Comeu coxinhas, empadinhas. Deliciosas. Elogiou.

— Um dia a gente ainda vai ter um restaurante! — confidenciou a colega.

A humildade da casa a constrangia. Mesmo sem querer, comparou com a de Magda. Os jardins, a piscina, as salas gigantescas, uma se sucedendo após a outra. Nada a ver com aquela casa de periferia, com o cheiro de óleo penetrando as paredes. Seus olhos se fixaram no sofá. Havia um rasgão. Não queria olhar, sabia que era falta de educação. Mas seus olhos se fixaram na espuma saindo de dentro. A mãe da amiga percebeu, ficou sem jeito.

— É... o sofá anda precisando de uma capa nova.

Ganhou fama de reparar demais. De fresca. Nunca mais foi convidada a voltar naquela casa. Passou a ser evitada. Só a chamavam quando havia trabalho de grupo, obrigatório.

Quem insistia era Tigre. Puxava papo. Dora tinha horror, cada vez que ele se aproximava. Era óbvio, estava a fim. Não que Dora não o achasse simpático, interessante. Um gato. Mas era filho de um mecânico. Ajudava o pai a consertar os carros. Às vezes, aparecia com a calça manchada de graxa, o que as colegas consideravam um charme. Diziam que era sortuda, porque o Tigre parecia se interessar por ela.

— Pois façam bom proveito. Não estou nem aí.

Nem pensar! Um pobretão! Passava todo o tempo livre sozinha. Lembrando de antes. Do pai. Chorava, às vezes.

Poderia ter continuado assim muito tempo. Triste. Longe de todos. Tudo que fazia parte de sua vida, até poucos meses atrás, tinha desaparecido. Seus desejos, seus sonhos, suas ambições. Quando pensava no futuro, sentia só desânimo.

Até que se apaixonou.

4

Dora raramente era convidada aos aniversários dos colegas. Chateava-se quando ouvia as garotas comentando de reuniões nas casas desta ou daquela. No colégio anterior, não perdia uma! Agora, era a eterna excluída.

— Não me importa. Também não quero ir a essas festinhas. Deve ser muito brega.

Achava horrível passar os sábados sozinha, vendo televisão com a mãe. O irmão era exatamente o contrário. Vivia na casa dos amigos.

A exceção foi o aniversário de Emília. A garota morava no condomínio, em um prédio próximo ao seu. Quase todo dia, voltavam juntas das aulas. Era mais seguro, para evitar assaltos. O hábito de andar aqueles quarteirões fez com que surgisse a amizade. Dora tinha se tornado caladona. Emília nem parecia notar. Comentava as novelas de televisão. Sabia a vida de todos os artistas. Dora ouvia, dava um palpite aqui, outro ali. Eram conversas meio sem pé nem cabeça. Apenas para preencher o caminho de volta. Emília falava muito, gesticulando. Desde que resolvera dar a festa, não falava noutra coisa. Pedia conselhos:

— Dora, você que é chique, diga que roupa devo botar.

— Chique, eu?

— Ah, Dora, todo mundo sabe que você era rica.

Acabou ajudando a escolher as músicas para a festa. Ensinou uma receita de canapés com torradas. Batia creme de leite com sopa de cebola de pacotinho. Virava um patê ótimo. Ajudou na decoração do salão de festas do condomínio. No final, Emília insistiu:

— Olha, hein! Se não vier, nunca mais falo com você!

Toda classe estava convidada. Só de pensar na turma, desanimava. Não tinha a mínima vontade de ficar junto com aquele pessoal. Gente que a chamava de fresca pelas costas. Por outro lado, havia tempos ninguém a convidava para coisa nenhuma. Emília até que era legal. No dia decidiu:

— Vou e volto depressa.

Vestir-se foi um drama. Espichara nos últimos meses. As roupas bonitas não serviam mais. O último jeans de grife estava apertadinho. Insistiu com a mãe, queria uma blusa nova.

— Nem pensar. Você se vira com o que tem — determinou Cleusa.

Quase não foi. Acabou achando um tomara que caia preto. Coube. Ganhara tempos atrás, mas na época era grande. Olhou-se no espelho. Gostou. Maquiou-se, de leve. Quando já estava na porta, resolveu botar um brinquinho de prata. Aproveitou para experimentar umas gotas de perfume da mãe. A demora fez com que chegasse no meio da festa. Muitos dançavam. Havia cerveja e refrigerante à vontade. Emília a abraçou, feliz.

— Safada! Demorou tanto! Pensei que não vinha mais.

Surpresa, notou que Emília estava linda. Nos dias de aula, era idêntica a uma vassoura, com os cabelos loiros sempre espetados, e o corpo magérrimo. Agora, com um vestido preto de alcinhas, bem colante, brincos e colar dourados com pedras azuis, parecia uma modelo. Emília mostrou as unhas, pintadas de roxo.

— Olha só o que eu fiz!

— Ficou fantástico!

Emília a conduziu pelo salão. Havia uma porção de gente que não conhecia. De longe viu Tigre, com a eterna camiseta regata, cercado por um grupo de meninas. Uma turma dançava, o som era ensurdecedor. Adorou. Cumprimentou colegas da classe. Cuidadosamente, Emília e Dora evitavam as que estavam nos cantos, no escurinho, com rapazes. Emília aproximou-se de dois rapazes. Um com dezessete ou dezoito anos. Outro, mais velho, tinha bem uns dezenove. Ambos sorriram.

Dora notou que o mais novo era alto, com a pele bem branca e cabelos pretos. Ombros largos, um esportista. O outro, de cabelo curtinho, também tinha porte atlético. Devia fazer musculação. Emília apresentou:

— Este malandro aqui é o Gui, meu primo. É vizinho, mas nunca aparece. E este...

Respirou fundo, para a grande revelação.

— É o Rafael, meu namorado.

Dora levou um susto. Namorado? Emília já estava namorando e ela, nada! O que será que tinha de errado? Nunca ninguém tentara namorá-la. Ficou verde de inveja, mas disfarçou. Emília puxou Dora novamente.

— Vem, vem pegar uma bebida.

Ofereceu cerveja. Dora não bebia, quis um refrigerante. Em seguida, uma senhora mais velha veio chamar a aniversariante. Aparentemente, era uma tia insatisfeita com o escurinho no salão. Dora a acompanhou com o olhar. Emília foi cercada por uma roda de mulheres. Certamente, da família. Discutiam.

— Se eu acender a luz, a festa acaba!

Com o copo na mão, Dora saiu pelo salão, observando o movimento. Sem se enturmar com ninguém. Pelo que pôde perceber, Emília vencera a batalha, pois a luz continuou igual. Aproximou-se da porta, para tomar ar. Pensou se devia ir embora. Ninguém falava com ela. Seria chato passar o resto da festa sozinha. Decidiu esperar o bolo. Lá fora, no jardim, alguns casais conversavam. Sentiu um toque no ombro. Virou-se, surpresa.

O primo de Emília sorria.

— Nunca vi você por aqui.

— Mudei faz uns meses.

Subitamente, sentiu-se feliz. Ele era tão simpático!

— Qual o seu nome? A Emília falou tão depressa que não entendi.

— Dora. Desculpe, também não ouvi o seu.

— Guilherme.

Meio sem jeito, avisou:

— Pode me chamar de Gui.

Pareciam se conhecer havia séculos. Engataram uma conversa animada.

Guilherme morava no sobrado grande, de esquina, que notara logo após a mudança. Comparando com a pobreza da maior parte dos colegas, Dora tinha a impressão de que Guilherme era rico. Na verdade, sua família vivia em boa situação. Não era milionária. Filho de um dentista com boa clientela, Gui tinha tudo de bom, desde pequeno. A família teria condição de morar em um bairro melhor. Mas o consultório do pai ficava no centro comercial do bairro, era perto. O dentista acabou comprando um apartamento para a irmã, mãe de Emília, próximo a sua casa. O irmão de Gui estava terminando a faculdade de Odontologia. Já ajudava o pai na clínica. O sonho do pai era que Gui também fosse dentista. Ele se revoltava com a ideia.

— Pai, quero ser jogador de basquete.

Bastava falar isso para deixar o pai furioso. Não admitia.

— Por que você vai se meter numa profissão incerta, que só dá camisa para uns poucos? E se você for um jogador fracassado?

— Pai, deixa eu viver minha vida!

Discussões estouravam, dia após dia. A mãe entrava no meio. Defendia o filho, mas também o pai, do jeito que só as mães sabem fazer. Rebelde, Gui respondia, alterava-se. Eram tantas as brigas que às vezes nem tinha vontade de voltar para casa. Gostava de andar de moto com os colegas. Iam a barzinhos. Conheciam garotas.

Também já fumava baseado. Experimentou pela primeira vez num final de tarde, na casa de um colega de classe. Quando o amigo ofereceu, hesitou.

— Tá com medo?

— Eu?

Não quis passar por idiota. Tragou. Tossiu que nem doido. Apesar disso, logo se sentiu relaxado. Tranquilo. Quando voltou para casa, sentou-se à mesa. O pai tentou puxar conversa. Gui não estava nem aí. Riu, perdido nos próprios pensamentos.

— Qual é a piada?

Piorou. Teve um acesso incontrolável de riso. Pediu desculpas. Disse que tinha de ir ao banheiro. Quase não conseguiu levantar da mesa. Parecia estar na lua. O corpo pesado. Sentia-se um astronauta. Teve medo. E se percebessem? Entrou no banheiro, lavou o rosto. Olhou-se no espelho, sorriu para si mesmo.

— Estou é muito legal!

Dali a dois dias, experimentou mais um. Descobriu que o tal colega de classe vendia. Não era exatamente um traficante. Como gostava do negócio, vendia para tirar o seu. Ou seja, comprava um pouco a mais, botava preço e usava o lucro para

seu próprio consumo. Também descobriu muita gente que fumava, entre os colegas. Antes, ninguém se abria. Agora, era um deles. Ganhava muitos cigarros e também fornecia aos amigos. Dependia de quem estivesse com mais grana. Começou a ter interesse pelo assunto. Lia artigos em revistas. Acompanhava debates pela tevê.

— A maconha não faz mal — comentava entre amigos.

— Em alguns países, é até liberada.

Além da tranquilidade, havia alguma coisa mais. A sensação de ser especial. Era assim que se sentia: uma pessoa única neste mundo.

Um dia seria um grande jogador. Já estava na seleção intercolégios. Todos ainda veriam do que era capaz. Já ficara com algumas garotas. Mas nunca tivera uma namorada de verdade. Alguém com quem quisesse ficar junto, sempre. Assim que conheceu Dora, percebeu que seria diferente.

Ela também sentia a mesma coisa. Uma vontade de ficar junto. Desejo de conversar. De se tocar. Quanto mais falavam, mais descobria o quanto combinavam. Embora não fosse rico como seus antigos colegas, Gui falava como eles. Conhecia motos, roupas de grife, som. Tinha ido à Disney havia alguns anos. Com seus pais, passara férias em Cancún, no México.

Perto dele, Dora sentia o sabor dos dias de antes, quando nada parecia poder afetar sua vida. Foram para um cantinho conversar. Depois, Gui propôs darem uma volta. Por ali mesmo, no condomínio. Dora sentiu o coração bater mais depressa. Olhou para ele, trêmula. Era um gato! Justamente nessa noite, quando já pensava em ir embora, aparecia... ele! Como seria ficar com alguém? Algumas amigas do antigo colégio falavam sobre aventuras incríveis nas praias, durante o verão. Ela não. Fora criada muito presa, muito próxima dos pais. Tremia, só de pensar. E se ele quisesse beijá-la? Como faria? Dora morria de vergonha. Nunca tinha beijado ninguém. Não queria que ele descobrisse. Pretendia parecer experiente.

Andaram devagar até perto do muro. Dora falava sem parar, cada vez mais depressa. Disfarçava o nervosismo. Não se acalmou nem quando ouviu:

— Sabe, você é diferente.

— Você acha?

— Diferente sim. Você, sei lá, é legal. Tem um papo mais profundo.

— Desde que a gente mudou pra cá eu não falava tanto. Não me entrosei com a turma da escola.

— Eu também às vezes penso que não sou desse mundo.

Dora riu. Tinha a mesma impressão.

— Se desse pra morar na Lua, bem que eu queria. Ou em Marte, sei lá.

Falaram sobre os extraterrestres. Seria bom se eles existissem mesmo, acreditava Gui.

— E se forem ruins? Uma espécie de gafanhotos inteligentes que querem devastar a Terra?

— Pior do que nós vai ser difícil. Com um décimo das bombas que já existem seria possível destruir a Terra. O ser humano é capaz de acabar com o planeta, sem ajuda de nenhum extraterrestre.

Com naturalidade, Gui tirou um pacotinho da meia. Abriu, mexeu um pouco com o fumo, fez um cigarro com uma folha de papel fino, que pegou na carteira. O coração de Dora bateu descompassadamente. Sabia do que se tratava. Um dos tios de Magda fumava maconha todos os dias. Magda experimentara uma vez. Quando contou, disse não ter tido sensação alguma, porque raspou demais na garganta. Dora e as outras colegas tinham se assustado:

— Mas você não ficou viciada?

Magda, com ar de superioridade:

— Um cigarrinho só não vicia.

Enquanto Gui fazia o cigarro, Dora pensava no que fazer. Queria parecer adulta e experiente. Sentia-se envergonhada. Ele, que parecia tão entusiasmado com ela, acabaria se decepcionando. Se experimentasse, ficaria viciada, como tinha visto num programa de televisão? Ou um só não faria mal? Gui acendeu o cigarro, tragou longamente. Estendeu em sua direção. Ela hesitou.

— Você não quer?

— É que...

Não sabia o que dizer. Ele tocou sua mão de leve. Tom de voz melancólico.

— Diga, você não gosta?

Tomou coragem.

— Eu... eu nunca experimentei.

Gui, surpreso.

— Nunca? Mas todo mundo que eu conheço...

Envergonhou-se. O que ele pensaria dela? Que era uma boba, sem experiência. As lágrimas caíram. Puxa vida! Logo agora que encontrara um cara legal? O dedo de Gui tocou sua bochecha.

— Ei, que negócio de chorar é esse?

O braço direito de Dora se ergueu. Tocou de leve seus dedos nas mãos dele. Ele correspondeu, gentil. Deslizou os dedos para a mão de Dora, apertou-a suavemente. Ficaram assim, um instante, se tocando. Ele puxou seu rosto até o ombro. Delicadamente. Acomodou-o com carinho. Dora sentiu o cheiro de perfume, cítrico. Era bom estar assim, tão perto. Gui deu mais uma tragada. Dora sentiu o cheiro acre da fumaça. Ele tragou o cigarro. Nesse instante, ela ouviu o som do parabéns a você no salão. Automaticamente, fez um gesto com a cabeça, para levantar. Ir cantar junto. Com a outra mão, Gui afagou seus cabelos.

— Fique.

Deitou a cabeça nos ombros do rapaz, outra vez. Enquanto ele fumava novamente, Dora decidiu. Que mal podia fazer? Já tinha ouvido falar muito sobre maconheiros. Marginais. Mas Gui não era nada disso. Talvez, se soubessem que garotos como ele fumavam baseado, não censurariam tanto. Tocou o dorso de sua mão, de leve.

— Deixe eu experimentar.

Ele sorriu, cúmplice. Aproximou o cigarro. Ao longe, Dora ouviu o pique pique. Sentiu o gosto forte.

— Puxe a fumaça pra dentro. Firme.

Aspirou. Tossiu. Mesmo assim continuou. Dali a pouco, veio uma moleza. Depois, um sentimento. Calma. Paz!

Ficou ali, sem perceber as horas, conversando, sentada no chão. Percebeu as pessoas saindo da festa. Quando ele aproximou os lábios dos seus, não teve mais medo. Deixou os braços dele rodearem seu corpo, a boca tocar a sua.

Havia muito tempo não se sentia tão bem!

5

Gui não apareceu no dia seguinte. Nem no outro. Dora virou um feixe de nervos. Falou com Emília, que sorriu:

— Conheço meu primo. Se estiver mesmo a fim, aparece.

Foi o que aconteceu. Três dias depois. Quando chegou da aula, ele estava em frente ao prédio.

— Topa um passeio de moto?

Aceitou na hora. Deixou a mochila com Emília. Perguntou por que havia demorado tanto tempo para aparecer. Ele ficou meio sem jeito.

— Fiquei com medo de você me dispensar.

Então, os dois tinham os mesmos medos! Foram tomar um sorvete. Na mesa, ele pegou de leve na sua mão. Gostou. Ele era assim, cheio de toques carinhosos. Quase morreu de emoção quando ele disse, meio tímido:

— Sabe... eu curto você. Quero ficar junto.

Foi essa a declaração de amor. Dora adorou. Mais tarde, Gui parou a moto numa pequena praça. Acendeu um baseado. Ela sorriu, aceitou. Fumaram depressa, com medo da polícia.

Passaram a se ver todos os dias.

Adorava ficar com ele. Parecia que a conversa não acabava nunca. Saíam juntos. Inicialmente, só nos fins de semana. Emília sempre ia junto, com o namorado. A mãe ficava aliviada por ver Dora mais alegre, fazendo amigos. Além dos problemas financeiros, Cleusa se preocupava com a separação do casal. Joel já não telefonava com frequência.

— Estou sozinha — pensava Cleusa. — O melhor é tocar a vida. Cuidar dos meus filhos.

Embora tivesse horário para voltar — Emília também tinha —, Dora ganhou uma certa liberdade. Cleusa dava até um dinheirinho para o cinema, o barzinho. Só exigiu que não tomasse nada alcoólico.

— Mãe, eu não suporto álcool!

Gui tinha muitos amigos. No grupo, Dora passou a ser a mais nova. Emília, apenas um ano mais velha, gostava de se dar ares de adulta. A maioria dos rapazes, como Gui, tinha moto. Todos estudavam. O namorado de Emília tinha entrado na faculdade de Medicina sem nem fazer cursinho. A maioria da turma ia bem na escola. Quando revelou que andava mal em algumas matérias, Dora foi motivo de piada. Teve até mais estímulo para estudar. Algumas tardes, ia para o apartamento de Emília rever as matérias. Junto dos novos amigos, logo deixou de pensar na turma da escola rica. Sentia saudades de Magda. Mas, a maior parte do tempo, só sabia pensar em Gui!

Tinha colocado o rapaz num pedestal, como se fosse o homem mais perfeito do mundo. Por isso, ficou superirritada quando Tigre veio falar com ela, num intervalo das aulas.

— O Gui e você estão saindo?

— É... acho que sim. Mas isso não é problema seu.

— Toma cuidado. Ele é o maior maconheiro do pedaço.

Ficou furiosa. Como o Tigre se achava no direito de falar do Gui?

— Você tá com dor de cotovelo.

Tigre abanou a cabeça, decepcionado.

— Como você é boba!

Deu as costas para ele, imediatamente. Saiu andando. Deixou o rapaz completamente sem jeito.

Os fins de semana não bastavam. Gui e Dora passaram a se encontrar todas as tardes. Não faziam nada de especial. Às vezes iam para a casa dele. Ouviam música no quarto, ficavam abraçados. Fumavam baseados. Gui acendia incenso para disfarçar o cheiro. A mãe acreditava que ele fazia meditação. Uma vez, pedira até para mostrar como era. Gui sentara de pernas cruzadas, uma sobre a outra. Como um guru indiano. Morria de rir, contando.

— A mãe acreditou!

Aos poucos, Dora foi abandonando as responsabilidades da casa. Era encarregada de arrumar as camas e esquentar o almoço. Descuidava-se. Às vezes fazia, às vezes não. André passou a esquentar a própria comida. Frequentemente, ela comia na casa de Gui. Sempre ouvira piadas sobre a chatice das sogras, mas a mãe dele era ótima. Quando Dora falava de uma receita que gostava, fazia questão de pôr na mesa. André reclamava.

we can
the next
STEP
issue

— Eu faço minha parte e você não faz a sua.

No começo, Dora ficava sem jeito. Ia arrumar a cama. Ou até fazia um doce de banana com açúcar de que o irmão gostava. Mas começou a ficar irritada com as cobranças. Queria passar o tempo todo com Gui. Preferia comer feijão com arroz frio a perder tempo no fogão. O irmão discutia. Ameaçou contar para a mãe.

— Dedo-duro! — Dora acusou.

A principal razão para abandonar o serviço de casa era a vontade de ficar com Gui. Além disso, quando fumava, dava uma leseira... uma vontade de não fazer nada. André não teve coragem de falar para Cleusa. Quis evitar a briga. Muitas vezes, ele também comia na casa de colegas. Quem entrasse no apartamento ficaria admirado. O quarto do menino, sempre arrumado. Impecável. O de Dora, uma bagunça. Cleusa percebia. Mas a filha já tinha sofrido tanto! O pai, na Amazônia, não mandava nem carta. Segurou o quanto pôde. Ao ver uma pilha de pratos imundos na pia, estourou:

— Dora, a casa está uma vergonha!

— Ah, mãe, eu não quero passar a vida toda trabalhando como doméstica!

A briga foi feia. O nome de Gui acabou aparecendo na conversa.

— É meu namorado. Pensei que você já sabia. A gente sempre sai junto!

— Namorado? Eu... certa de que era só amizade! Como sou tonta!

Cleusa não podia imaginar que a filha já estivesse com alguém. Pensou que apenas saía com amigos.

— Você não tem idade!

Dora teimou. Tinha idade sim. Cleusa se acalmou um pouco quando soube que era o primo da Emília. O filho do dentista do sobrado de pastilhas. Quis conhecê-lo. Combinaram o encontro para o fim de semana. O rapaz apareceu com um maço de flores. Só de vê-las, Cleusa amoleceu. Fez questão de que almoçasse. Gui ajudou a lavar a louça. Falou de seus planos para o futuro. Jogar basquete, fazer Educação Física.

— Só prometam não aprontar nenhuma besteira — pediu Cleusa.

Ambos juravam que não. Nisso, Dora concordava com a mãe. Não tinha a menor intenção de ultrapassar certos limites. Cleusa se tranquilizou. Com seu jeito calmo, doce, Gui a conquistara. Dora prometeu voltar a arrumar as camas, cuidar do almoço. Quando ela saiu com Gui de moto, Cleusa estava calma.

Mais tarde, refletiu. Dora estava abrindo as asas muito depressa. Talvez fosse melhor largar o emprego, ficar perto dos filhos. Não estava ganhando tanto, afinal. A renda de uma corretora é instável. O pouco, porém, faria falta. Joel começara a mandar alguma coisa. Não muito, seu salário não era alto. Com a separação se tornando definitiva, também não havia possibilidade de todos se mudarem para Belém. Precisava trabalhar. Teria que confiar em Dora.

Cleusa morria de medo de uma gravidez adolescente. Na tarde seguinte sentou-se no quarto com a filha. Falou sobre sexo. Sobre os riscos de uma gravidez prematura. Quase caiu pra trás. Dora conhecia tanto quanto ela.

— Nós tivemos aulas na outra escola. As meninas também sabiam muita coisa e me explicaram como é.

Percebeu que Dora, nesse aspecto, tinha bastante consciência.

— Prometa sempre me contar tudo!

Cleusa sorriu quando a filha fez que sim. Dora garantiu.

— Eu e o Gui não chegamos a esse ponto. Nem quero chegar.

Quando Dora saiu, Cleusa observou o encontro dos dois, diante da moto.

— É um casal tão bonitinho! — pensou orgulhosa. E Dora estava tão feliz! O namoro fazia bem, concluiu.

Em relação a sexo, Cleusa não tinha por que se preocupar. Dora e Gui ficavam juntos. Mas restringiam-se a beijos, muitos beijos. Somente alguns abraços eram mais ousados. Dora chegava cedo em casa, como combinara com a mãe. Os amigos brincavam.

— Está na hora de ir tomar a mamadeira!

Fingia ficar brava. Mas ria.

Ela e Gui puxavam fumo sempre. A dois ou em grupo. Quando um não tinha, outro aparecia com a presença. Dividiam os cigarros. Faziam esforço para não serem notados quando fumavam nas ruas ou em pracinhas solitárias. Também gostavam de ir ao apartamento de Naldo. Era um amigo de Gui,

que morava sozinho com um primo. Ambos eram do interior. O apartamento era muito confortável. Bem montado, com dois quartos. À primeira vista parecia abrigar uma família comum. Sofás, mesas, quadros tinham sido escolhidos pela mãe de um deles. Havia espelhos, cadeiras laqueadas, aparadores. Sofá adamascado. Os primos tinham dado o toque diferente, enchendo as paredes de pôsteres, abandonando sapatos e meias embaixo da mesa de jantar e bitucas de cigarro por todos os lados.

Naldo tinha certa admiração por Dora. Dizia que era muito bonita. Em poucos anos, seria de arrasar. Bastaria perder o ar de adolescente.

— Aí eu boto esse Gui pra correr — dizia Naldo.

Dora gostava de ouvir o elogio. Se não fosse Gui, bem que se interessaria por Naldo! Era um rapaz magro, de cabelos encaracolados. Pele azeitonada e olhos negros bem expressivos. Andava sempre de jeans e camiseta. Bem mais velho que Gui. Bonito e charmoso, com um sorriso sempre aberto no rosto de traços finos.

Fumavam baseados juntos. Riam muito. Divertiam-se. Como se o baseado garantisse a união do grupo. Uma forma de contato fraternal. Dali a uns dois ou três meses, surgiu uma novidade. A branca. Naldo foi o primeiro a experimentar, numa festa. Contou que era incrível.

— Pensei que ia sair voando!

Dora sentia medo. Cocaína era tabu. Desde pequena, ouvira histórias horríveis. A mãe comentara sobre um colega da universidade, viciado, do qual todos se afastavam. Também lera sobre a droga em revistas. Mas, no fundo, acreditava não haver motivo para preocupação. Sabia se controlar. Certa noite, quando estavam no apartamento dos primos, Naldo falou baixinho em seu ouvido.

— Disfarça e vai lá pro quarto. O Gui também vai. Mas não tem pra todo mundo.

Ficou curiosa. O que seria? Também sentiu uma ponta de orgulho. Confiavam nela. Tinha sido chamada para algo especial. Foi saindo da conversa. Levantou-se. Entrou no quarto. Gui, os dois primos, Emília, seu namorado e mais duas garotas estavam reunidos em volta de uma mesa de vidro. Naldo espalhava um pó branco sobre o tampo. Acendeu o isqueiro embaixo do vidro, aqueceu. Distribuiu em carreiras, com uma gilete. Tirou o bico de uma esferográfica. Com o plástico, transformado em canudo, aspirou uma carreira.

Estática, Dora ficou parada na porta. Horrorizou-se. Diante dela, as carreiras de cocaína sumiam nos narizes de seus amigos. Era a vez de Gui. Ele hesitou. Nunca tinha experimentado. Os outros olharam para ele, esperando. Tomou coragem. Cheirou. Estendeu a caneta para Dora.

— Você não vem?

A figura de seu pai surgiu dentro da cabeça. O que Joel pensaria dela nessa situação? Nem fazia um ano que partira. E ela já estava diante de uma carreira de cocaína. A famosa branca. Se ele soubesse, que decepção! Mas não queria fazer feio diante dos amigos. Engoliu em seco. Tomou coragem.

— Não quero. Não gosto.

— Como não gosta, se nunca experimentou? — insistiu Naldo.

— Não quero, pronto.

Todos riram. Era uma espécie de gargalhada estridente. Uma garota deu de ombros:

— Criança é assim.

Mesmo furiosa, decidiu não cheirar. Maconha, todos diziam que não fazia tanto mal. (Embora certa vez tivesse ouvido falar que o fumo vem misturado com tudo quanto é porcaria. Os traficantes, para aumentar o lucro, botam até esterco no meio.) Assustou-se quando Emília debruçou-se sobre a mesa e aspirou. Trocou um olhar com ela, surpresa. A amiga se mexeu, orgulhosa. Sentia-se superior. Nas horas seguintes, ficou ouvindo Gui falar como se tivesse ligado um motor na língua. Contou exaustivamente como seria sua vida nos Estados Unidos, quando fosse um grande jogador de basquete. Dora ficou com os ouvidos ardendo, de tanto que ele falava.

Era tarde. Insistiu em voltar. Gui irritou-se. Discutiram. Estava emburrado quando a deixou em casa. Sozinha no quarto, Dora chorou boa parte da noite. Estaria errada por não entrar no espírito dos outros? Tinham ficado tão animados depois de cheirar. As garotas dançaram. Gui parecia brilhar. Silenciosamente, abriu a janela do quarto. Pegou uma pontinha de um baseado escondida no fundo da gaveta e acendeu. Puxou, tragando fundo. Acalmou-se. Nada era tão sério, afinal.

— Não é legal, Dora. E se a mamãe descobrir?

Virou-se, tinindo de raiva. O que André estava fazendo na porta? Com que direito...

— O pessoal na escola já fala de você, Dora.

— Eu não estou nem aí pra eles.

— Todo mundo sabe que o Gui transa fumo. Tem gente que já viu você com ele fumando numa esquina.

— E você com isso? Aposto que na escola tem uma porção de gente que curte esse negócio.

— Tem mesmo, e daí? Só não acho legal você trazer pra cá. A mãe...

— Quer saber de uma coisa, André... vá cuidar da sua vida. A mãe só vai ficar sabendo se você contar.

— Você anda muito diferente, Dora.

— Não enche. Aposto que você está louco pra experimentar.

Ouviram a voz da mãe, do quarto.

— Que barulho é esse? Briga, a essa hora da noite?

Apagou a guimba, escondeu irritada. Abanou o ar, para tirar o cheiro.

— Não é nada, mãe. O André veio falar comigo.

Encarou o irmão.

— Sai daqui. Vê se me deixa na minha.

Fechou a porta, quando ele partiu. Pensou como era incrível a quantidade de problemas que tinha de enfrentar. Passada a raiva, voltou à preocupação inicial. Se experimentasse só uma vez, a coca faria mal? Tinha certeza que não. Talvez fosse como bebida. Muita gente bebe apenas socialmente. É diferente de ser viciado. Poderia se controlar, se quisesse. Falaria com Gui a respeito. Com Emília também. Nenhum deles era viciado. Eram corajosos. Sentiu-se uma covarde. Poderia ter experimentado. Só para saber como era.

O grupo passou a deixá-la de lado. Às vezes, no apartamento de Naldo e do primo, ou em outras reuniões, notava que algumas pessoas sumiam. O banheiro, sempre trancado. Gui também ficava fora de vista por algum tempo. Voltava com os olhos brilhando e falando sem parar. Tentava falar da coca. Gui disfarçava. Dizia que ela era muito criança para o negócio. Brigavam, depois faziam as pazes. A maior parte dos amigos parecia compartilhar um segredo, do qual era excluída. Mesmo Emília se afastava.

Dizia que era muito legal, só isso. Dora fingia que não queria saber. Criticava a amiga.

— Você começa assim, não sabe onde pode parar.

— Parece até minha mãe falando.

Irritava-se com a atitude de todos deixando-a de fora. Seu aniversário chegou. Cleusa queria fazer uma festa, no salão do condomínio. Chamar as amigas da escola. Arrepiou-se só de pensar. O que a turma pensaria daquelas meninas mal-arrumadas?

Por fim, comemorou três vezes. A primeira foi almoçando na casa de Gui. No final, surgiu um bolo na mesa. Cantaram parabéns. Ganhou uma correntinha de ouro. Em casa, no jantar, a mãe também fez questão de comemorar. Apareceu com bolo comprado e presente. Calça e jaqueta jeans, pretas. Ela e André não se falavam muito, desde a briga. Mesmo assim, abraçaram-se com carinho. O pai telefonou na vizinha. Cleusa havia combinado tudo, vieram chamar. Era emocionante ouvir a voz de Joel depois de tanto tempo.

— E aí, filha?

— Tudo bem, pai. E você, tudo legal?

— Tudo.

Ficaram em silêncio algum tempo. Era difícil continuar, depois de tanto tempo sem se verem. Disse a única coisa que veio na cabeça.

— Pai, eu queria ver você. Tenho saudades.

— Eu também, filha. É questão de tempo.

O telefonema acabou assim, meio sem assunto. Era doloroso não ter o pai por perto, nem no aniversário. O que valeu foi, depois, comemorar com Gui. Ele fizera uma festinha surpresa no apartamento dos primos. Havia um bolo comprado na padaria, cheio de velas. Naldo serviu-lhe um copo de cerveja. Bebeu um pouco, apesar do gosto amargo. Cantaram. Ela riu, disse que nunca tinha recebido tantos parabéns num só dia. Depois, Naldo abriu um pacotinho. Alguém trouxe um espelho do quarto. Dessa vez ninguém estava fazendo segredo. Naldo botou o pó, esquentou. Enquanto batia as carreiras, ofereceu:

— Hoje é pra você, Dora. Eu mesmo comprei. Presente de aniversário.

Olhou para Dora.

— Desta vez, você não vai recusar, vai?

Ficou emocionada por Naldo ter pensado nela. Ele devia ter gasto uma nota para comprar tanto da branca. Os olhos se umedeceram. Mas também sentiu um arrepio. Uma dúvida. A mão de Gui apertou de leve sua coxa. Não, não podia fazer feio. Recusar essa demonstração de amizade. Aproximou-se, pegou a caneta vazia da mão de Naldo. Encostou no nariz, e cheirou.

Dentro da cabeça ouviu um tóim! Seu corpo todo parecia receber uma descarga elétrica. Sentiu vontade de dançar, falar, rir... voar! A visão ficou um pouco turva, desfocada. Piscou várias vezes. Emília riu também.

— Bateu, Dora?

Não conhecia o termo, mas sabia o que era.

— Bateu. Legal.

Gui cheirou uma carreira, ofereceu outra. Aceitou. Subitamente, ela sentia-se forte. Poderosa. A sensação de tristeza que havia desde o telefonema do pai sumiu. Decidiu que iria para a floresta amazônica vê-lo. Era só querer. Podia tudo que quisesse. A música, cada vez mais intensa, parecia entrar diretamente nos seus ossos. Foi para o meio da sala, começou a dançar. Sempre fora um pouco inibida, costumava achar que era um tanto desconjuntada. Agora seus membros pareciam unidos em harmonia com o som da música. Gui e Naldo se aproximaram, dançando com ela. Dançava, dançava, o mundo todo se transformava num rodopio. Ria sem parar.

Ah, como estava feliz!

6

Acordou com o grito da mãe na porta do quarto. Batidas fortes.

— Abra, Dora. A mãe da Emília está aqui.

Um tambor dava estrondos em sua cabeça. Esforçou-se para acordar. Difícil. A mão se mexeu vagarosamente. Era um cansaço como nunca sentira antes. Como se um vampiro houvesse sugado suas forças.

— Já vou.

Levantou-se, com dificuldade. Os pés, puro chumbo. Arrastou-se até a porta. Cruzou o corredor para o banheiro. Assustou-se ao se ver no espelho. Uma moeda negra embaixo de cada pálpebra. Pele pálida. Não podia aparecer assim. Podiam desconfiar. Entrou embaixo do chuveiro. Lavou o rosto, demoradamente. A aparência melhorou. Passou um creme, para disfarçar. Enrolou-se na toalha. Voltou ao quarto. Cleusa chamou novamente, irritada:

— Deixe de fazer hora, minha filha. É urgente.

Pensava devagar. Lentamente, entendeu que era urgente. Preocupou-se. O que podia ser de tão urgente? Queria se vestir com rapidez. Seus movimentos pareciam em câmera lenta. Na sala, a mãe de Emília. Mal entrou, percebeu seu nervosismo. A tensão.

— Cadê a Emília?

— Sei lá... ontem eu voltei com o Gui e...

— Ela não apareceu até agora. Onde vocês foram?

Hesitou. Como responder? Falar do apartamento dos primos? As mães iam imaginar milhões de coisas. E os amigos? Odiariam se desse o endereço. Seria uma traição.

— Diga, Dora... diga de uma vez.

— Eu não sei onde ela está.

Cleusa abanou a cabeça.

— É melhor chamar a polícia.

— A polícia não, mãe! Quem sabe, o Gui...

— Queremos saber por você mesma. Que fizeram ontem à noite?

Emudeceu. Cleusa pressionou. Fez novas ameaças. Apavorada, Dora tentava encontrar uma maneira de falar do apartamento dos rapazes sem chocar a mãe. Salvou-se no último instante. André, que estava na janela, avisou:

— A Emília está chegando.

Todos correram olhar. Emília acabara de entrar pelo portão do condomínio, completamente despenteada. Andava lentamente. Passos tortos.

— Que será que aconteceu? — surpreendeu-se Dora.

A mãe de Emília despediu-se, desculpando-se pelo incômodo. Mal saiu, Cleusa voltou a fazer perguntas. Mais calma, Dora conseguiu responder com tranquilidade.

— Ora, mãe! A turma comemorou meu aniversário num barzinho. Depois, voltei com o Gui. Não sei o que a Emília fez.

Foi para a cozinha, tomou duas aspirinas. A cabeça continuava trepidando.

— Dora, diga a verdade. Você anda bebendo?

— Não suporto álcool. Você sabe.

Mentir, Dora não mentia. Omitia. Conversar com a mãe, professores e outros colegas tornava-se igual a andar por um caminho cheio de poças de lama. Saltava um fato aqui, outro ali. Estava se tornando experiente em rodeios. Dessa vez, foi inútil. O alarme tinha soado. Cleusa não conseguia acreditar que Dora não sabia nada sobre o sumiço de Emília.

Finalmente, Dora conseguiu escapar para a casa da amiga. Emília estava deitada no quarto. Havia dormido um pouco e chorado muito.

— Estou péssima — foi logo dizendo.

— Que aconteceu?

A briga com a mãe fora horrível, contou Emília. Mas o pior não era isso. Resumindo: na noite anterior, depois que Dora tinha ido embora, ela continuou cheirando. Também bebeu vodca.

— É incrível, porque quando o pó bate legal eu me sinto o máximo. Mas depois que o efeito acaba dá uma tristeza, é horrível. Dá vontade de morrer, Dora. Então, eu cheirei várias vezes, para segurar a tristeza. Não sei o que deu em mim.

As lágrimas rolavam pelo rosto da amiga. Dora insistiu:

— Conta, o que foi?

— Só sei que a uma certa hora eu tive o maior pau com o meu namorado. Nem lembro por quê. Eu gritei, ele gritou. No fim, foi embora. Um escândalo. E aí... eu bebi mais um pouco, cheirei... sei lá... eu não me lembro direito do que aconteceu, fui entrando numa loucura. Havia um cara...

— Quem?

— Um amigo do Naldo, que eu só conhecia de vista. Dora...

A voz de Emília, estrangulada.

— Diz, Emília. Pode me contar tudo.

— Acordei deitada do lado daquele cara... só de calcinha. Só lembro da confusão, dele me beijando... eu acordei suada, me sentindo suja. Ele, dormindo do meu lado. Dormindo não, desmaiado. Puxa, um sujeito que eu mal conhecia. Gosto do meu namorado. Fiquei tanto tempo com ele, e nunca quis ir até o fim. Pensava que a primeira vez... sei lá, devia acontecer de um jeito especial. E, de repente, eu estava lá, ao lado de um carinha qualquer. Lembrar, não lembro. Sexo, Dora. Transei. Nem lembro se foi bom, se foi ruim... mas não foi bonito, Dora.

Agora, Emília soluçava sem parar. Dora fez um carinho na mão da amiga.

— Voltei de ônibus, não tinha dinheiro pra mais nada. Vim pensando. É isso que quero pra mim? Esse negócio me deixa doida demais.

— É só uma questão de saber controlar, Emília.

— Também pensava assim. Pensava. Esse bagulho é que controla a gente. Desde que comecei a cheirar, dá uma vontade, uma secura. Quando eu fico sem, bate uma tristeza. Resolvi parar. Hoje.

— Parar?

— Você também tem que parar, Dora. Ou quer acordar que nem eu, do lado de um desconhecido? Estou me sentindo um lixo. Um lixo! Pensa! Você e o Gui também têm que sair dessa.

— Eu nem entrei!

— Eu também pensava que não tinha entrado. Ah, Dora, tenho tanta vontade de chorar que você nem sabe.

Conversaram mais algum tempo. Emília voltava ao assunto, contava tudo de novo. Estava exausta. Dora resolveu deixá-la descansar. Era sábado. Prometeu voltar no dia seguinte.

Mal entrou no apartamento, percebeu o clima pesado. Cleusa passara horas pensando. Sentia-se fraca. Incompetente. Chegou à conclusão de que estava dando liberdade demais para a filha.

— Até o sumiço da Emília ficar esclarecido, você não sai.

— Mas o Gui...

— O Gui vem visitar você aqui. No máximo, passeiem pelo jardim do condomínio.

Furiosa, foi para o quarto. Estava sendo tratada como criança. Teve uma desconfiança. Correu para o quarto de André.

O irmão estava debruçado sobre um microscópio. Havia um bom tempo, ganhara um conjunto de ciências. Ao receber o presente, não dera importância. Depois de uma aula, ficara fascinado pelo assunto. Desencaixotara o microscópio. Passava horas olhando células.

— André, a gente precisa conversar.

— Ah, é você? Dora, vem ver. Botei um pedacinho da asa de uma libélula no microscópio. Olha quantas cores... não é fantástico?

Por um momento, Dora admirou a asa. Sob a lente de aumento, era uma explosão de cores e formas. Em seguida, lembrou-se do motivo que a fizera procurar o irmão.

— Diga a verdade. Você bateu para a mãe que me viu fumando baseado.

Ele garantiu que não. Ela duvidou.

— Contou sim. Ela está muito desconfiada. Até me proibiu de sair.

— Dora, pensa que a mãe é boba? Você dá a maior bandeira. Vive mole, caída. Hoje de manhã parecia que tinha dormido na linha do trem.

— Se ela desconfiasse, tinha me dito.

— Quer saber? Acho a maior sacanagem da sua parte.

— E você com isso?

— A mãe já anda de cabeça quente por causa de grana. Todo mês faz a maior ginástica. Anda dando o maior duro pra segurar as pontas. E você só dá dor de cabeça.

— Para de se meter na minha vida, André. Virou santo, por acaso?

— Posso não ser santo, mas tenho cabeça. Você enche, Dora. Só sabe chorar de saudades daquela turma fresca da outra escola. Da Magda. Do carro importado. Quer saber? Você é uma chata.

— E você, um porco.

— Pode me chamar do que quiser. Só sei que a mãe não merece isso.

Mais um pouco, e Dora daria um safanão em André. Santinho do pau oco, isso sim!

Bateu a porta do quarto, voltou para o seu. Arrumou-se, à espera de Gui. Ah, se fosse mais velha! Poderia ir embora. Sair daquele apartamento horrível. Ela e Gui pegariam a moto. Partiriam pela estrada. Quem sabe, morariam na praia. Ou na montanha.

— Só quero viver minha vida! — lastimou-se.

Para sua surpresa, Gui também estava muito abalado.

— O clima pesou lá em casa — explicou.

Foram conversar no jardim. A mãe de Emília fora falar com o pai de Gui. Era irmã dele, afinal. Não sabia a história toda, mas pelo estado emocional de Emília tinha certeza de que algo de grave havia acontecido.

— Levei a maior prensa.

— Gui, você contou do apartamento do Naldo? Eu não disse nada.

— Nem eu. Essa parte a Emília também segurou. Dora, se souberem da história da coca, vão aprontar o maior escândalo. Do jeito que meu pai é, pode até me internar.

Arrepiou-se. Internarem Gui? Isso era coisa para viciados.

— A Emília quer parar, Gui. Falei com ela.

— Parar? É exagero, nós...

— Aconteceu uma coisa horrível. Ela me contou. Você falou com o namorado dela?

— Liguei pra ele, quando vieram perguntar da Emília. Não quer mais saber. Disse que ela dormiu com um carinha, depois que ele foi embora. O Naldo bateu a fofoca pra ele.

— Sacanagem do Naldo.

— São muito amigos, você sabe. O Naldo achou que a Emília não tinha o direito de fazer isso.

— Mas ela não fez de propósito! Nem sabia o que estava acontecendo.

No rosto de Gui, uma expressão de desprezo.

— Conta outra. Vê se cai a ficha, Dora. Essas coisas ninguém faz sem saber.

Dora ficou em dúvida. Era mesmo difícil de acreditar na versão de Emília. Coca com vodca daria um efeito tão forte?

Discutiram. Dora, a favor de Emília. Gui, contra.

— O pior é que a Emília botou eu e você na maior gelada, Dora. Meu pai está pegando pesado. Só pude vir aqui porque é perto. Mas não me deu nem um troco. Mesmo que você pudesse sair, eu não podia.

Dora pensou um pouco.

— A Emília tem razão, Gui. A gente precisa parar.

— Parar o quê? Eu paro quando quiser, não sou viciado — insistiu Gui.

— Se você ou eu... qualquer um for pego, vai ser o maior barulho. Quer saber, Gui? Não faço questão de cheirar. Experimentei, já sei como é. Acho que nem um baseado a gente deve...

— Um baseado não tem importância — disse Gui, acendendo um.

Depois de duas tragadas, Dora concordou.

— Tudo bem. Um baseado, tudo bem. Mas vamos dar um chá de sumiço na turma. Imagina! Se o seu pai manda seguir a gente?

O rosto de Gui aproximou-se, sorrindo de leve. Cada vez que ele sorria daquele jeito, com o canto do lábio, ela se emocionava.

— Certo. Só não quero ficar longe de você.

— Nem eu de você. Eu te amo, Gui. Eu te amo.

Beijaram-se. O mais importante era estarem juntos, Dora decidiu.

A partir daquela noite, houve um período de trégua. Dora e Emília tornaram-se alunas bem aplicadas. Também, pudera. Passavam as tardes juntas, estudando. Nos fins de semana, Dora saía com Gui. Mas só para programas aprovados pelos pais. Tanto a família de Gui como Cleusa exigiam saber para onde iam. A que horas voltariam. Dora passou a fazer relatos minuciosos de seus passeios. Se não estivesse tão chocada com a noite em que Emília sumiu, talvez reclamasse muito. Percebera que por trás da animação havia algo de perigoso. Prova disso era a angústia de Emília nos primeiros tempos. A amiga sofria com a falta de coca. Às vezes dava uma vontade, uma fissura, que era de enlouquecer. Trancava-se no quarto. Tomava banho gelado.

— Eu nem cheirava tanto assim! Imagine se usasse todo dia.

Emília também morria de saudades do ex-namorado. Esse capítulo, porém, fora encerrado. Tentara ligar para ele. Inútil.

— Quando ouviu minha voz, xingou!

— Emília, esquece esse cara.

Emburrada, Emília foi deixando de falar no ex-namorado. Cumpriu a promessa. Nem de baseado queria saber. Incentivada pela amiga, até fumar Dora fumava menos. O susto fizera com que se tornasse meiga novamente. Voltou a cuidar da casa. Pegou um livro de receitas da mãe e tentou fazer um bolo. Ficou mais duro que cimento. Mesmo assim, ela e Gui comeram umas casquinhas. Riram muito.

Não perdoara André. O irmão se intrometera demais, pensava. Mal se falavam. Cleusa notara a frieza, sem dar muita importância. Desde pequenos, os dois viviam brigando.

Longe da turma, Dora e Gui tinham tempo para se curtir. Estavam apaixonados. Falavam em casamento, um dia. Algumas vezes, Dora e Emília iam assistir a jogos da seleção. Não havia dúvida, Gui era um craque no basquete. Depois das partidas, saíam para tomar sorvete. Tinha orgulho do namorado. Os pais foram se acalmando. A pressão diminuiu aos poucos.

O ano terminou depressa. As férias chegaram. Dora pensava em visitar seu pai, que finalmente se mudara para Belém, deixando a cidadezinha para onde fora inicialmente. Decepcionou-se quando ele ligou. Não seria possível. Justamente nos próximos meses iria acompanhar um químico inglês da companhia. O homem vinha conhecer as espécies nativas e Joel o ajudaria a se locomover pela Amazônia. Furiosa, Cleusa discutiu com o marido. Não pretendia visitar mais os filhos? Joel prometeu vir, assim que pudesse. Estava dando duro no novo emprego.

Diante da decepção de Dora, Cleusa não teve como recusar o convite da família de Gui. Iriam todos para a casa de praia em Maresias, no litoral norte de São Paulo. Dora poderia ficar no quarto com Emília. A mãe de Gui veio visitar Cleusa. Prometeu ficar de olho nos namorados. Entusiasmada, Dora fez as malas. Pelo menos não passaria as férias inteiras naquele bairro abafado, com a janela do apartamento aberta para ver se entrava um ventinho. André foi para a casa dos avós em Minas.

Era maravilhoso voltar a brincar na areia, como antes, com o pai! Dora acordava cedo todos os dias. Ajudava Emília e a mãe de Gui a prepararem o café da manhã. Na verdade, era mais que um café. Havia um pouco de tudo: ovos, geleia de framboesa e laranja, torradas, mamão, presunto, queijo. O café era reforçado porque depois só havia outra refeição. Uma espécie de almoço e jantar conjugados. Ajudada pelas duas, aprendeu a fazer bolo. Era uma receita com leite de coco. Sentiu o maior orgulho quando Gui disse que estava gostoso. Depois do café, iam para a praia. Passavam horas jogando frescobol. Entrando e saindo do mar. Ou refestelando-se ao sol como um lagarto. Depois de comer, à noitinha, saíam para passear na areia. Nessas horas, Emília tornava-se cúmplice. Ficava sentada na esteira. Ou se divertia com um *sundae*, enquanto Dora e Gui iam sozinhos para as pedras.

— Não demorem muito no amasso, senão eu vou ficar uma baleia de tanto tomar sorvete — pedia Emília.

Numa dessas noites, Gui levou uma esteira e deitaram, juntinhos e abraçados, para olhar as estrelas. Ele a beijou delicadamente. Dora sentiu a mão dele subindo por seu corpo. Então, percebeu que iria acontecer. Ou melhor, queria que acontecesse. Amava Gui. Ele também a amava. Olhou o céu estrelado. Sempre sonhara que seria assim, bonito. Quando ele desabotoou sua blusa leve, não resistiu. Encostou-se no corpo dele. Abraçaram-se. O beijo foi mais longo do que nunca.

— Gui, você me ama?

— Claro, Dora. Você sabe.

— Gui... eu tenho medo.

— Fica tranquila. Nada de ruim vai acontecer com você. Eu não deixo.

Sentiu-se segura, como não se sentia desde os tempos de criança. Quando seu pai a pegava no colo. Abraçava. Deixou o corpo dele colar no seu.

Mais tarde, só de lembrar daquela noite, sentia o coração bater mais forte.

7

Algumas semanas antes de acabar a temporada na praia, Gui passou a agir de forma diferente. No início, não era nada que Dora soubesse descrever. Apenas uma sensação de estranheza. Às vezes parecia mais alegre. Outras, mais agitado. Depois, ficava deprimido. O humor, sempre variando. Emília desconfiou.

— Ele anda cheirando de novo.

— Deixa de bobagem, Emília. O Gui não ia fazer isso sem me contar.

Acabou descobrindo. No bar da praia, o banheiro ficava do lado de fora. Certa noite, estava com Emília numa mesa. Gui demorava a voltar.

— Será que se sentiu mal?

Saiu. Na porta, ainda no escuro, viu o namorado de pé. Falava com um amigo, conhecido como "surfista". O rapaz entregava um pacotinho. Pensou que era maconha. Estranhou. Ele havia trazido um bom suprimento de São Paulo. Esperou. Os dois se despediram e Gui caminhou na direção do bar. Surpreendeu-se ao trombar com Dora.

— Que negócio é esse? Me vigiando?

— Fiquei preocupada, você sumiu! Mas eu vi sem querer. Era fumo?

Notou a hesitação.

— Gui, você prometeu!

— São só uns gramas. Para animar as férias.

— Se não tem problema, por que me escondeu?

— Porque você entrou na da Emília. Ficou chata.

Quis responder, mas ele argumentava.

— Também não precisa armar a maior batalha. A Emília entrou numa pior, naquela noite. Posso entender. Fez bobagem. Perdeu Rafa. Comigo, com você, é diferente. A gente sabe se controlar.

Reconheceu que ele falava a verdade.

— Nunca fiquei doidão. Você só cheirou no aniversário. É diferente da Emília, que quando começava não conseguia parar.

Por mais que buscasse argumentos, Dora não soube o que responder. Vendo o pacotinho, lembrou-se da noite da festa. Da animação. De como tinha dançado solta, como uma ave planando sobre o mar. Nunca mais dançara dessa maneira.

— Vem, vem comigo pra praia. Só uma carreira.

Decidiu.

— Vai indo, eu já te alcanço. Vou avisar a Emília. Deixa comigo, ela vai pensar que a gente quer namorar.

Depois daquela noite, Dora passou a cheirar com frequência. Nunca muito, mesmo porque não havia tanto assim. Era divertido. Passava horas com Gui. Qualquer assunto era motivo de risada. Conheceu o surfista que fornecia coca. Estudante do Ensino Médio, era filho de um advogado famoso. A família tinha dinheiro. Mas, como ele gastava muito em coca, acabava vendendo uma parte do que comprava. Custeava a sua. Não demorou muito, Emília descobriu.

— Dora, você está maluca. Como pode cheirar depois de tudo que me aconteceu?

— Pensei bem. Tomei minha decisão. Tem gente que só bebe de vez em quando, tem gente que é alcoólatra. Já li sobre o caso. Você não consegue resistir. Sempre quer mais. Eu não, só cheiro quando quero.

Com esse argumento, tapou a boca da amiga. Emília irritou-se. Achou que Dora a considerava irresponsável. Foram esfriando, aos poucos. Mas isso não tinha mais importância. Nada mais de passar horas no barzinho, batendo papo. Ia para a praia, com Gui e os amigos. Eram tantos garotos e garotas juntos que pais e mães não viam problema nenhum. A turma toda cheirava. Ela consumia só um pouquinho, de farra. Gui usava um pouco mais.

— Só para animar. Estamos em férias! — ele dizia.

Logo surgiu um problema: dinheiro. Gui tinha gasto, até ali, tudo o que ganhara da avó no aniversário. Pediu mais um pouco à mãe. No início, veio fácil. Finalmente, ela fechou a torneira:

— Meu filho, onde é que você gasta tanto dinheiro aqui na praia? Já torrou a mesada e muito mais. Acabou.

— A cerveja anda cara por causa da temporada.

— Pois beba em casa. Não sei que graça vocês veem em passar a noite metidos naquele barzinho, num barulho infernal!

Não houve jeito. Trocou o relógio por uns gramas e fingiu que o havia perdido na areia. A mãe ficou penalizada:

— Um relógio tão caro!

Para ajudar, Dora deu a correntinha de ouro, que ganhara no aniversário. Só se negou a vender o relógio que ganhara do pai. Gui torrou os objetos que possuía. Foram-se também os óculos de sol e um som portátil. Ela se assustou:

— A gente está gastando muito, Gui.

— É só pra aproveitar o fim das férias. Em São Paulo, acaba.

Voltaram queimados de sol, dali a algumas semanas. Os cabelos de Dora, compridos, tinham mechas luminosas. Cleusa estranhou a magreza da filha:

— Lá não tinha o que comer?

— Sei lá. O mar me tira a fome.

A mãe acreditou. Quis conversar.

— Pensei muito enquanto você estava fora. Sabe, minha filha, eu fui criada no interior de Minas. Meus pais eram rígidos.

— Eu sei. A sua mãe é minha avó, lembra!

Riram. Cleusa continuou:

— Muitas amigas minhas eram liberais. Eu não. Seu pai foi meu segundo namorado. O único homem da minha vida, você entende? Mas agora, tudo está tão mudado. Vocês nem falam mais em namorar, só em ficar. E eu... eu não sei direito o que pensar, o que fazer.

— Deixa rolar, mãe.

— Eu não quero ser chata. Diga... alguma coisa entre você e o Gui... já aconteceu?

— Já, mãe. Foi maravilhoso.

Cleusa deu um suspiro longo. Abriu a bolsa, tirou um pacote.

— Parece que eu adivinhei. Não sei se estou certa ou errada, mas... eu comprei isso pra você.

Era um pacote de camisinhas. Dora riu.

— Que bobagem, mãe... o Gui e eu somos um do outro e...

— Minha filha, a camisinha não é só para evitar doença. Filhos também. Você é muito nova, tem um futuro pela frente. Já imaginou, estar aqui no ano que vem trocando fralda de um bebê?

Dora guardou o pacote. A mãe encerrou a conversa, sem jeito:

— Na sua idade, eu nem pensava direito nessas coisas. Enfim... a minha mãe morreria se me visse dando esse presente a você.

No quarto, Dora pensou na atitude da mãe. Fora legal, bem mais do que poderia supor. O fato é que as camisinhas não eram tão necessárias assim. Desde que voltaram a cheirar, tinham esfriado na parte física. O amor continuava o mesmo, mas Gui contentava-se com beijinhos. De noite, quando ele chegou, mostrou o pacote. Quase morreram de rir, juntos. Em seguida, ele propôs:

— Faz tempo que a gente não vê o Naldo e o primo dele. Vamos dar uma passada no apartamento deles? A marcação dos meus pais e da sua mãe já acabou.

Sentiu um gelo na espinha. Recusou:

— Ah, não, Gui... eles estavam entrando numa muito pesada. Você disse que a gente ia cheirar só de vez em quando.

De má vontade, ele explicou. Só queria conseguir umas carreirinhas pra animar a noite. Decidiu procurar o surfista, que também voltara da praia. Arrumaria algum. Recebera a nova mesada.

— Ele disse que sempre vai a um barzinho que eu conheço. A gente vai também. Se der de cara com ele, tudo bem. Diz pra sua mãe que a gente volta cedo.

— Certo — decidiu Dora.

Passearam pela Vila Madalena. Cruzaram o colega da praia. Estava cheio de pacotes para desovar, como contou:

— Conheci um cara ponta firme. Um tal de Elias. É enturmado com os caras lá da favela. Arruma uma farinha da melhor. Puríssima.

O bolso cheio de papelotes, Gui viu Naldo de longe.

— Se a gente não for até lá, fica chato.

Mal avistou os dois, Naldo correu:

— Que saudade! Onde se meteram?

O abraço carinhoso envergonhou Dora. Como querer se afastar de um amigo daqueles?

— Problemas de família — explicou Gui.

Naldo riu:

— E eu pensando que a Dorinha já tinha dado o fora em você e estava livre pra mim!

Todos riram. Dali a pouco estavam conversando como se nunca tivessem deixado de se ver. Dora explicou:

— Quando a Emília sumiu aquela noite, deu o maior rolo. Foi por isso que a gente deu um tempo.

Naldo concordou:

— A Emília ficou doida. É bom que tenha saído da turma. Detesto gente que perde o controle.

Em seguida, arriscou:

— Vocês têm alguma coisa pra me apresentar?

Acabaram no apartamento. O primo de Naldo estava terminando um macarrão de pacotinho quando entraram. O surfista também foi. Dora espantou-se: a sala estava quase vazia, despojada de vários móveis.

— Vendi aquela droga de jogo de sala de jantar — explicou Naldo. — Era o fim.

— A minha mãe quase pirou quando descobriu — revelou o primo.

A falta dos móveis provocou uma certa inquietação em Dora. Não sabia explicar o sentimento. Era desagradável. Gui abriu alguns papelotes. O surfista também ofereceu algum. Todos cheiraram. Acabaram com as primeiras carreiras e começaram a conversar. Naldo ria, com ar moleque.

— Vocês não estão com nada — declarou.

— Qual é? Quer ofender por quê? — irritou-se Gui.

— Sei de um jeito bem melhor — disse Naldo.

Foi ao quarto. Trouxe uma seringa, ainda no pacote da farmácia. Dora horrorizou-se. Morria de medo de injeção. Tinha visto um grupo de rapazes tomando pico num filme. Dava horror. Para Gui, era motivo de curiosidade:

— Não dói?

— Só uma picadinha. Quando bate é o máximo.

— Eu não tô nessa não — rebateu o surfista. — É muito louco.

O primo preparou a seringa. Naldo aplicou no primo, depois ofereceu:

— E vocês? Vão ficar aí caladinhos, que nem anjos de procissão?

Subindo a manga, Gui apresentou a veia:

— Só um pouquinho, para eu saber como é.

Alguns minutos depois, a expressão de Gui era de puro fascínio.

— Dora, você não sabe como bate legal.

Preocupada, olhou para os outros. Ninguém estava gritando que nem louco. Experimentar só uma vez não era o mesmo que ficar viciada, decidiu. Esticou o braço. Virou o rosto para não ver a agulha. A picada doeu, mas logo depois esqueceu-se disso. Era como se um vendaval entrasse em sua cabeça. Uma sensação indescritível.

— Eu podia voar, se quisesse!

Todos falavam ao mesmo tempo, e Dora conseguia entender tudo que estavam dizendo. Ela também contava um caso engraçadíssimo, que acontecera na praia. Era fantástico. Riam sem parar, embora ninguém ouvisse ninguém. Como se estivessem surfando sobre uma onda gigantesca. Só caiu em si depois de algumas horas, quando bateu o cansaço.

— Precisamos voltar, Gui.

Ele olhou o relógio. Era tarde. Desceram. Lá embaixo, não conseguia fazer a moto pegar. Riram tanto que o porteiro do prédio veio pedir silêncio. Foram, ainda rindo. Gui corria um pouco demais, mas ela não ligou. Tinha pressa.

Chegou em casa, a mãe já estava deitada. Caiu na cama, extenuada. Ainda bem que era fim de semana. Não conseguiria acordar para a aula no dia seguinte. Despertou cedo. A voz de Emília dava marteladas em sua cabeça.

— Que foi?

— Sua mãe me procurou, Dora. Disse que você chegou supertarde. Quer saber onde é que costuma ir. Disse que não sabia, mas ela insistiu.

— Não entendo minha mãe. Dá uma de liberal, mas é só eu atrasar um pouquinho, fica louca.

— Dora, fiquei super sem jeito com sua mãe. Ela não está furiosa. Ficou preocupada, só. Não sabe no que você está se metendo. O pior é que eu sei, amiga. Sai dessa. Você não vai conseguir segurar essa barra.

— Ah, Emília, você anda cada vez mais chata.

— Dora, conheço o Gui desde pequeno. Sempre foi atirado... rebelde... eu sei que ele está se metendo na droga e você indo junto.

— Vai dedar a gente, vai?

— Não sou dedo-duro.

— Então vê se me deixa.

Cobriu o rosto com o lençol. Estava exausta. Emília saiu, ofendida. Dormiu mais duas horas. Levantou muito depois do almoço. Olhou o braço. Havia uma marca vermelha. Botou uma camisa de manga comprida. Na cozinha, André ajudava a mãe a lavar os pratos. Cleusa tinha uma expressão exausta. Dora foi até o fogão se servir. A mãe começou:

— Depois de tudo que a gente conversou, eu dei um voto de confiança a você. Na primeira oportunidade...

— Ih, mãe, deixa! Estou com dor de cabeça.

— Quem ficou com dor de cabeça fui eu, esperando. Pensei em chamar a polícia. Dormi de cansada. De manhã, a primeira coisa que fiz foi ver se você estava no quarto. Minha filha, parecia que você tinha desmaiado, de tanto sono. Cheirei pra ver se bebeu.

— Mas não bebi. Você sabe que não bebo.

A mãe, derrotada.

— Cheiro não tinha não.

Notou o olhar de André na sua direção. Fixo. Acusador. Desviou. Comeu, sem muita fome. A comida entrava pastosa pela boca. Depois, foi dormir de novo.

Acordou de tardezinha. Sentia-se muito melhor. Tomou um banho demorado. Foi até a sala, ligou a televisão.

— Hoje você não vai sair.

— O que foi que eu fiz, mãe?

— Sabe muito bem a que horas chegou. Amanhã tem aula, esqueceu?

— Mãe, desculpa, eu perdi a hora, só isso. Fazia tempo que não via a turma.

Subitamente, Dora descobriu que podia ser sorridente, simpática. Faria de tudo para convencer a mãe.

— Turma? Que turma, que ninguém conhece?

— São os amigos do Gui.

— Já estou ficando farta desse Gui.

— Mãe, eu e ele vamos nos casar. Acredite.

— Casar? Deixa de dizer bobagem. Nem saiu das fraldas!

— Também, não precisa me tratar assim. Eu prometo chegar na hora que você mandar.

Cleusa pensou algum tempo.

— Tudo bem, Dora, eu vou confiar em você mais uma vez. Não me desaponte.

A moto buzinou. Correu escadas abaixo. Beijou Gui e pulou para a garupa.

Estava louca por mais uma dose. Só uma. A última, decidiu.

8

O *crack* entrou na vida de Dora logo depois. Quando conheceu Elias, não foi com a cara. Nem um pouco. Era agitado, tenso. Como se houvesse um fio de eletricidade dando descargas dentro de seu corpo. Magro, moreno, cabelo ondulado. Não tinha dois dentes na boca. Mal se notava, porque sorria de boca fechada. O antebraço repleto de tatuagens. Falava rapidamente, engolindo finais de palavras. Pele e cabelo oleosos. Levava jeito de quem não toma banho todo dia.

Filho de um pastor presbiteriano, Elias tivera uma educação super-rígida. Em criança, era considerado um menino modelo. Tipo tímido. Sabia recitar versículos da Bíblia. Aos treze anos, conhecera o *crack*, através de um amigo de escola. Hoje, vivia fora de casa. Um dia aqui, outro ali. Conhecia todo o pessoal da favela. Ninguém comentava muito como sobrevivia, mas Dora soube de cara. Traficava. Não se tratava de um traficante importante, desses que mandam nos cartéis da droga. Fazia pequenos negócios. Dava a impressão de ser mão-aberta. Oferecia as pedrinhas do *crack* de graça aos novos amigos.

Na verdade, assim formava freguesia de *crack*. Sabia que quem usava uma vez, duas no máximo, já não podia viver sem. Em seus dezoito anos de vida, Elias vira dezenas de pessoas experimentarem. Algumas, só por curiosidade. Depois da primeira vez, todos queriam uma outra. A sensação vinha rápida, ofuscante. Batia na cabeça em questão de segundos. A pessoa se sentia poderosa. Plena. Onipotente. Acabava o efeito, e vinha uma sensação amarga. Um vazio. Enjoo. Era preciso outra e outra pedrinha. O desejo não acabava nunca mais. Elias já vendera *crack* a estudantes, empresários, modelos. Gente rica e garotos que moravam na rua.

Conhecera Naldo através do surfista. Estava sem lugar para ficar. Acabou no apartamento dos primos, por duas semanas. Os dois ficaram satisfeitíssimos em oferecer hospedagem, paga com pacotinhos de pó, pedrinhas de *crack*, merla e outras novidades alucinantes.

— O efeito é um tiro — explicou Naldo, quando ofereceu *crack* a Dora.

Dizer que ela hesitou seria mentira. Tinha curiosidade por novas sensações. Achou ótimo. Não tinha que tomar injeção. Era mais rápido, mais alucinante que o pico. Batia diretamente no cérebro. Só havia um problema: o efeito durava pouco. Logo descobriu que não podia passar sem. Dava um vazio, uma angústia, só acalmada com outras pedras de *crack*. Estas eram fumadas das formas mais diversas. Em geral, pegavam uma lata, fechavam e aspiravam através do buraco. Também usavam caixas de fósforos vazias.

— Assim a gente não perde nem uma fumacinha — mostrou Elias.

Apesar da má impressão inicial, Dora perdeu a antipatia por ele rapidamente. Para ela, Elias jamais negava. Flertava sem disfarce. Cravava os olhos em suas pernas. Dizia que era bonita. Dora se constrangia. Sempre aceitava um pouco de *crack*, de presente. Naldo brincou, certa vez:

— Cuidado, Gui... o Elias parece super a fim da Dora.

Ela riu.

— Nem pensar! Aquele desdentado.

Gui reagiu de forma apática. Ainda se consideravam namorados. Mas tinha se tornado mais uma relação de cabeça. Mal se beijavam. Gostavam de curtir o barato juntos. Tinham longos papos. Gui atravessava uma fase de depressão. Perdera o lugar na seleção juvenil de basquete.

— Foi uma injustiça, sempre joguei bem!

Os amigos concordaram. Dora sentiu um desconforto. Gui andara faltando aos treinos. Quando fumava *crack* e jogava era um ás. Se faltavam as pedras, nem queria ir. Ou se comportava como um macarrão na quadra. Perdia passes. O técnico o chamara para uma conversa homem a homem. Sem meias palavras. Perguntara se Gui andava metido com drogas. A agressividade do rapaz forçou a decisão:

— Você prometia ser o maior, Gui. Se fosse franco, eu ia tentar ajudar você. Não quer se abrir. Tudo bem. Você sai. Não quero complicação pro meu time.

Lugar perdido, o ex-futuro campeão só sabia criticar. Péssimo técnico, dizia. A turma aprovou sua atitude. Fizera muito bem em não contar sobre o *crack*. Ninguém entenderia.

— Iam chamar seu pai e botar você numa clínica — comentou Naldo.

Disso, todos tinham horror. Ninguém queria saber de tratamento. Dora refletiu: também andava faltando muito à escola. Esperava que ninguém chamasse a mãe. O clima em casa já andava péssimo. O pai pedira a separação judicial. Pretendia se casar novamente. A mãe fervia de mágoa. Explodira com Dora.

Uma discussão horrível. Cleusa fora na área de serviço lavar um pouco de roupa, à noite. Esbarrara num balde embaixo do tanque com três camisetas sujas de molho. Esquecidas havia semanas. A água cheirava mal. Tinha bolor. Quando a mãe a chamara, Dora estava no quarto, tentando fazer um trabalho de escola. Embora soubesse tudo sobre o tema, não conseguia juntar os pensamentos. Pareciam pedaços de um quebra-cabeça soltos, desconjuntados. Irritou-se quando Cleusa exigiu que fosse até o tanque. Olhou o balde. Parecia estar vendo um filme, como se não fosse com ela. Quando não havia *crack*, era assim. Sentia-se ausente do mundo.

— Não tem vergonha?

André assistia a tudo, em silêncio. Veio uma vergonha enorme do irmão. Com ele, a mãe nunca gritava. Também, era um babaca. Passava os dias debruçado sobre o microscópio.

— Mãe, você está descontando porque o pai quer se separar de vez!

— Descontando, Dora? Olha aqui!

Cleusa puxou a filha pela cozinha, mostrando os cantos sujos. O apartamento abandonado.

— Você prometeu, ia me ajudar! Não cumpre nenhuma das suas obrigações, nenhuma!

— Varri a sala anteontem.

— Não minta! Olha a sujeira nos cantos! Tudo está imundo!

No fim, Dora trancou-se no quarto. Cleusa ficou sentada na sala, exausta. Ligou a televisão. Os olhos parados no ar. Sem ver. Dali a uma hora, foi até a filha. Falou, seca.

— Decidi contratar uma faxineira. Vai ser apertado, mas do jeito que você anda não sei mais o que fazer. Só quero que você pense, Dora, pense muito no que está fazendo comigo!

Quando a mãe saiu, deu de ombros. Se ao menos houvesse uma pedra para fumar e viajar um pouco! Sentiu-se injustiçada. Só sabiam brigar, discutir. Ninguém a compreendia. Lembrou dos amigos. Sem eles, estaria só no mundo. Acabada. Na escola, não tinha mais ninguém. Nem com Emília se dava mais. Tigre viera falar com ela umas vezes:

— Dora... outro dia eu vi você num barzinho.

— E daí?

— Não sei como sua mãe deixa você andar com aquela turma.

— Ninguém manda em mim. Vê se me deixa.

Tigre afastou-se. Com o irmão, as conversas também eram cada vez mais raras. No dia seguinte à briga, ele puxou assunto.

— Eu não entendo mais você.

— Não enche!

André contou que na escola comentavam que Dora estava metida em drogas. Assustou-se. De onde saíra o boato?

— Dizem que você e o Gui andam com uma turma esquisita.

Só podia ser o Tigre, concluiu. Encerrou a conversa com o irmão. Ao ver Tigre novamente, não hesitou.

— Você anda espalhando muita história a meu respeito.

O rapaz se surpreendeu. Garantiu não ter nada a ver com aquilo. Ela insistiu. Falou da conversa com o irmão. Tigre deu de ombros.

— Pensa que é invisível, Dora? Que ninguém vê seu jeito? O povo com quem você anda? Que é a única que sabe das coisas? Quer saber? Vá se ralar.

Surpresa, viu Tigre se afastar. Nunca aceitara a amizade — e quem sabe algo mais — que ele fazia tanta questão de lhe oferecer. Mesmo assim, deu uma dorzinha. Um medo. Era o último a se interessar por ela naquela escola.

Entre sua turma de amigos, as coisas também já não eram como antes. O motivo: dinheiro.

Até essa época, era um por todos e todos por um. Quem tinha alguma coisa apresentava para os outros. Nunca fora obrigada a comprar maconha, *ecstasy*, coca ou *crack*. Ganhava. Os primos recebiam uma boa mesada. Gui também. A namorada do primo de Naldo era de família rica. Outros amigos também se viravam. Sempre alguém tinha dinheiro para o pó. Quando começaram a cheirar maiores quantidades, os primos venderam mais alguns móveis. Gui também torrou alguns presentes dados pela família. Durante algum tempo, todos se ajudavam para comprar o bagulho em conjunto. Mas logo tudo mudou. Foi-se a antiga solidariedade.

Para sustentar o pó e o *crack* na velocidade com que consumiam, nunca havia grana suficiente. Os primos liquidaram com os últimos móveis. No apartamento, a geladeira, antes cheia, vivia vazia. Só comiam ovos e macarrão instantâneo. Certa vez, de tanta secura, Gui pegou escondido um chuveiro de diamantes da mãe, vendeu. Ninguém descobriu na casa dele. O anel fora da avó de Gui, que dera à mãe. Estava guardado para a esposa de Gui, quando ele casasse (para o irmão mais velho fora dado um presente equivalente). Gui e Dora raciocinaram que, no futuro, pertenceria mesmo a ela. Não pretendiam se casar mais tarde? Estavam apenas antecipando. Elias conhecia um receptador. Ficara com o anel a troco de algumas pedras. Durou pouco. Chegou a vez de Dora.

— Eu não tenho como arrumar grana — ela se lamentou. — Nem mesada a minha mãe me dá. Meu pai...

— Olha nas gavetas. Deve ter uma joiazinha que sobrou dos bons tempos.

Havia, sim. Um broche de ouro, com turquesa. Uma gargantilha com águas-marinhas, fazendo par com brinco e pulseira. Cleusa já tentara vender, mas ofereceram pouco. Guardara no fundo da gaveta do armário embutido. Bem escondido. Dora sabia onde.

— Também, de que vale ter joias para deixar escondidas? — decidiu.

À tarde, sozinha em casa, entrou no quarto da mãe. Deu um friozinho na barriga. Medo de que alguém aparecesse. Abriu a gaveta. Ouviu um estalo, fechou depressa. Seria o irmão chegando? Esperou, tensa. Diria que estava procurando um lenço. Nada. Botou a mão no fundo da gaveta. Não achava. E se a mãe tivesse encontrado outro esconderijo? Como dizer que não conseguira nada? Gui esperava lá fora. Iriam juntos comprar as pedras. Procurou melhor. Os dedos bateram num volume. O embrulho! Abriu, retirou as joias. O coração saindo pela boca. Botou dentro da mochila. Amarrou o pacote de novo, às pressas. Com sorte, a mãe demoraria para descobrir. Fechou a gaveta, saiu correndo. Subiu na moto, e partiram.

Pela primeira vez, levou pedras para casa. Trancada no quarto, a janela aberta, fumou. Deixou um incenso aceso, para disfarçar. Já não dava para passar muitas horas sem nada. Tentou imaginar uma maneira de arranjar mais

dinheiro. O estoque iria acabar rapidamente. Mais tarde, não conseguia dormir. No fundo da mochila, havia umas pílulas. Nem sabia o que eram. Ganhara de Elias. Tomou. O sono desceu, rapidamente. Envolveu-se na escuridão.

Acordou com a voz da mãe, exaltada. Era meio-dia. Perdera a aula novamente. Um cliente desmarcara o compromisso. Cleusa viera almoçar em casa. Imaginou que a mãe gritava com ela. Por causa da hora. Sentia uma pontada na cabeça. Secura. Logo percebeu. A mãe gritava com a faxineira.

— Ladra. Você roubou minhas joias.

— A senhora não me ofenda, que eu sou honesta! — defendia-se a mulher.

A mãe fora buscar a certidão de casamento, também guardada na gaveta. Precisava de uma cópia para enviar ao advogado. Notara o embrulho mal-arrumado. Dora saiu do quarto.

— Vou chamar a polícia — declarou Cleusa.

— Chama, eu estou tranquila — declarou a faxineira. — Não fico aqui nem mais um minuto. Não nasci pra ser chamada de ladra.

A mulher saiu, batendo a porta. Para a mãe, foi a prova de que tinha roubado mesmo. Gritou da janela. Um escândalo. Outras mulheres que usavam o serviço da diarista no condomínio apressaram-se em despedi-la. A faxineira xingou.

Assustada, Dora calou-se. A qualquer momento, poderia ser acusada. Mas ninguém tocou em seu nome. Sentiu um desespero tremendo. Vontade de cair nos braços da mãe. Era horrível ficar calada. E se contasse?

— Vai dizer que sou viciada — pensou Dora. — Nunca vai entender que posso largar quando quiser.

A mãe chorava.

— Às vezes eu pegava as joias e olhava. Lembrava do início do casamento, quando seu pai ia tão bem na firma.

— Chama a polícia, mãe — propôs André.

Cleusa abanou a cabeça.

— Aquela faxineira já deve ter dado fim nelas. Não tenho recibo. Nem prova nenhuma. É perda de tempo.

Mais tarde, ela e Gui discutiram a questão do dinheiro.

— O que eu ganho não dá nem pra mim, Dora. Quanto mais pros dois.

— Egoísta. Só pensa em você.

Estavam no apartamento de Naldo, fumando as duas últimas pedras. Elias entrou na sala. Perguntou, esperançosa, se tinha algumas.

— Bem que eu queria te dar. Mas aí eu me ferro, Dora. Tenho que pagar o carinha da favela.

Era fácil levantar uma grana, segundo Elias. Bastava pegar o som de uns carros.

— É fácil de vender. Sei quem compra.

Continuou com o plano:

— Sozinho, não dá. Se vocês toparem... rachamos.

Abrir um carro era questão de segundos. Mostraria como fazer. Com a moto de Gui, dava para fugir depressa. Mesmo com o alarme tocando, seria possível pegar o som e dar o fora. Dora e Gui se olharam, pensativos.

— Não quero roubar — disse ela.

— Deixa de bobeira, Dora. Não é como se fosse um assalto à mão armada. É só pegar o som e dar no pé. Ninguém sai machucado — explicou Elias.

Decidiram só roubar carros novos, mais caros.

— Assim a gente só leva de quem tem. Dos ricos — imaginou Gui.

Quando saíam na rua, escolhiam o que estava mais fácil. Tarimbado, Elias sabia todo tipo de truque. Até abaixar vidro com fio de náilon, abaixava. O mais rápido, porém, era quebrar a janela com uma chave de roda. Pegar o som e sumir. Se havia algum casaco ou uma sacola sobre o banco, Dora também levava. Muitas vezes, ela e Gui morriam de rir, comentando as aventuras.

— Viu quando o cara saiu correndo atrás da moto?

— Imagina, tentar alcançar uma moto poderosa só na base das pernas!

— Por sorte, a gente escondeu a chapa!

Ao se sentirem seguros, caíam nos braços um do outro. Beijavam-se. A vida ganhara um sabor de aventura. O amor parecia mais forte. Não eram os únicos a recorrerem a expedientes para conseguir grana. Todos na turma, todos, de alguma maneira, estavam arrumando dinheiro. Como? Nenhum contava para o outro. Naldo andava comprando muito mais do que antes. Como se tivesse uma fonte inesgotável de renda. Voltara até a ser generoso. Oferecia aos amigos. A namorada do primo de Naldo era quem tinha mais facilidade. A avó deixara duas casas de aluguel para ela. O dinheiro era depositado no banco, numa conta de poupança. O pai guardava, para, um dia, a filha estudar no exterior. Ela descobrira a senha nas anotações do pai. Jogava o dinheiro em sua própria conta e gastava. Como não costumava movimentar a poupança, o pai, cheio de trabalho, nunca olhava o saldo. Que estava sempre a zero.

A amizade de todos sofrera, porém, uma transformação. Já não falavam tão intimamente quanto antes. Possuíam seus segredos, e nenhum queria abrir para os outros.

— Cada um na sua — pensava Dora.

O apartamento dos primos se transformara numa espécie de território livre. A tal ponto que nem as mães e os pais dos dois, quando vinham do interior, queriam ficar lá.

— Como vocês fizeram para os velhos não descobrirem? — surpreendeu-se Dora.

Fora fácil. Os pais imaginavam os rapazes cercados de mulheres. Na maior farra. O de Naldo até dissera:

— Aproveite a vida enquanto é jovem.

Dora sorriu. Quando imaginavam o pior, os pais sempre pensavam em sexo.

Durante algum tempo, graças aos roubos, não faltava dinheiro para as pedras. Cleusa brigava quando Dora chegava muito tarde. Era o de menos. Bastava fumar para sentir-se nas nuvens. Assaltavam vários carros por noite. Elias agora também tinha uma moto, que conseguira ninguém sabia como.

Um dia, tudo deu errado. Como de hábito, saíram os três. Procuraram uma rua deserta. Eram onze horas. Roubar era tão fácil. A tensão das primeiras vezes acabara. Só se preocupava com o que diria à mãe quando chegasse. Tentava, na medida do possível, manter as aparências. Escolheram um veículo, entre vários estacionados na rua. As duas motos pararam, motores ligados. Como sempre, Gui bateu com a chave de roda no vidro. O alarme estourou no ato. Um barulho estrondoso. Ele abriu a porta. Dora ajudou. Só precisava ser rápida. Tentou desatarraxar o som. Nesse instante, Gui puxou seu braço.

— Corre, Dora. Alguém acendeu a luz lá em cima.

Várias pessoas apareceram na janela de um apartamento. Dora ainda tentou tirar o som. Elias gritou:

— Depressa, o cara está armado.

Do apartamento iluminado, um homem atirava. Devia ser o dono do carro. As mulheres gritavam. Gui tentou subir na moto. Deu um grito. O corpo deu uma guinada, como se atingido por um vento forte. Ainda tentou se equilibrar com a mão no banco.

— Venha, Gui — Dora gritou, não querendo acreditar no que via.

Cada vez mais pálido, Gui botou a mão no peito. Olhou para os dedos. Um sorriso de susto no rosto.

Sangue. Dora viu o sangue escorrendo. Quis agarrar Gui. Tudo durou um milésimo de segundo. No instante seguinte, Gui caiu de joelhos. No chão.

O som do alarme soando. O sangue escorrendo. Gui. Sentiu uma escuridão dentro de si, dor e desespero.

9

Dora nunca soube o que teria feito se Elias não estivesse lá.

Ia se ajoelhar, gritar por socorro. Sentiu suas mãos puxando seu braço.

— Venha comigo! Depressa.

Abandonar Gui?

— Corre! Senão você vai presa!

Sem ação, deixou-se conduzir. Assustada com o barulho, os tiros, Dora fugiu. Elias acelerou pelas ruas, ao som de novos tiros no ar.

— Onde você mora? — ele perguntou, enquanto a moto fazia curvas fechadas nas esquinas.

Deu o endereço. Pediu pressa. Quem sabe se salvava dessa? Se a mãe tivesse saído, como vinha fazendo frequentemente, teria chance. Quando pararam em frente ao condomínio, Elias botou duas pedras de *crack* em sua mão.

— É pra você aguentar. A barra vai pesar.

— Eu seguro.

— Tudo bem.

O rapaz abraçou Dora.

— Se precisar de mim, mande um recado. Apareço.

Em seguida, quando menos esperava, ele a beijou na boca. Dora odiou. Mas não teve reação. Sentia-se incapaz de raciocinar. Livrou-se do abraço e correu para o apartamento. Ao entrar, respirou aliviada. Nada da mãe. Só André. No quarto, estudando. Decidiu enfrentar o irmão.

— Preciso de um favor. É caso de vida ou morte.

Surpreso, ele a encarou:

— Que foi?

— Diz que hoje eu voltei cedo. A que horas a mãe saiu?

— Lá pelas oito.

— Então fala que eu cheguei no meio da novela. André... o Gui levou um tiro. A barra vai pesar.

— Ele morreu?

Foi um choque. Ainda não havia refletido sobre o assunto. Havia um peso enorme na cabeça. Queria que a vida fosse uma fita de vídeo, capaz de ser rebobinada.

— Eu... eu não fiquei pra ver... André, me salve! Por tudo que é mais sagrado.

— Dora, você não tem vergonha? Até fugir, fugiu. Pensa que eu sou idiota, que não sei no que você se meteu? Olhe, eu vou ficar quieto. Digo que você estava aqui, sim. Não é por você. É pela mãe. Ela não merece isso.

— Valeu, André.

— Agora vê se dá um jeito na sua cara. É só olhar pra saber que você é da pesada.

Saiu com raiva. Até para fazer favor o irmão falava demais. Humilhava. Olhou no espelho. Viu seu rosto magro, pálido. Os cabelos sujos. Há muito tempo nem escovava. Correu tomar banho. Passou xampu, secou os cabelos. Penteou-se longamente. Botou pijama. De minuto em minuto, corria para a janela. Queria ver se a viatura da polícia passava em direção à casa de Gui. Ou pior, se parava na frente do condomínio. O susto inicial havia passado. Sentia-se mal. Uma traidora. Deixara Gui caído na rua.

— Como pude fazer isso com ele?

Refletiu. Se ficasse, teriam descoberto tudo. Seria presa, talvez. Chamada de ladra. Fora salva por Elias, refletiu. Passou a mão na boca, lembrando-se do beijo.

— Nunca mais quero ver esse sujeito. Ele se aproveitou.

Fumou uma pedra e escondeu a última. Por outro lado, pensou, ele fora legal. Oferecera as pedras. Como suportar tudo sem *crack*? Dali a pouco, passou o efeito. Era horrível. A luz incomodava demais. As pupilas doíam. Apagou o quarto. Fingiu que estava dormindo. Ouviu a mãe chegar. Um pensamento passou pela cabeça:

— Por que a mãe anda saindo tanto?

Fosse qual fosse a razão, naquele dia fora uma sorte. Acompanhou seus movimentos. A bolsa jogada no sofá. Porta da geladeira aberta. Passos até o próprio quarto. Suspirou, aliviada. Ficou horas na cama, de olhos abertos, sem conseguir dormir. Era esquisito. O corpo exausto, mas não tinha sono. A cabeça num vendaval de pensamentos.

Conseguiu cochilar lá pelas três da manhã. Acordou com o barulho do interfone, insistente. Tremeu. Ouviu a mãe levantar-se. Atender assustada.

— O quê? Pode entrar.

Continuou deitada. Reconheceu a voz do irmão mais velho de Gui. O coração deu um salto. Teria morrido? Soube em seguida que não. Ouviu o irmão contar sua versão dos acontecimentos. Gui estava no hospital, sendo operado. A bala causara estragos, mas sobreviveria. Sem um pedaço de um dos pulmões, possivelmente. Nunca mais poderia esperar ser um campeão de basquete. A mãe e o pai estavam prestando declarações. Gui fora baleado roubando o som de um carro. Havia uma garota e mais um rapaz com ele, segundo as testemunhas. No bolso de Gui, um pacotinho com pedras de *crack*. Ele mesmo revirara o quarto do irmão baleado. Descobrira vestígios. Viera avisar porque...

Cleusa gritou por Dora. Fingiu que acabara de acordar, entrou na sala de roupão. Tentou parecer surpresa. André também veio logo em seguida. O rosto da mãe, um desamparo só. Teve vontade de abraçá-la. Em vez disso, gritou, como se não soubesse:

— O que aconteceu com o Gui?

— Você não sabe? — perguntou o irmão, firmemente.

— Não... hoje ele me deixou cedo em casa.

Olhou para André. Ele manteve a palavra.

— Ela chegou no meio da novela.

O irmão de Gui fechou a cara.

— Não minta para ajudar sua irmã. Nós descobrimos que o Gui está metido em droga pesada, e a Dora deve estar também. Eles não se largam.

— Não, não... a gente tem se visto menos — garantiu Dora. — Deixa eu ir no hospital, deixa.

O rapaz ergueu-se, severo.

— Eu pensava que você era legal, Dora. Sempre foi uma garota tão doce... minha mãe adorava você, Dora.

Cleusa chorava. O rapaz continuou, já em direção à porta:

— Vim aqui, de madrugada, porque quis saber se você estava bem. Se fosse verdade que não sabia de nada, você não teria feito essa carinha de surpresa, Dora. Estaria chorando, arrancando os cabelos. A descrição das testemunhas confere. Era você que estava com ele. Não se preocupe, eu não vou avisar a polícia. Só não ande mais com meu irmão.

— Eu gosto do Gui!

— Pode até gostar. Mas fugiu, não fugiu? Ele baleado, e você fugiu. Quer saber? Vou fazer tudo pro meu irmão sair dessa. Você não é boa companhia. Até.

Saiu, batendo a porta. Dora olhou para a mãe, arrasada.

— É mentira dele. Eu cheguei...

— Cala a boca, Dora.

— André, confirma pra ela que...

— Você também, André, não diga nem mais uma palavra. Eu devia ter percebido. Eu devia. A gente lê tanta coisa, vê tanto programa de televisão. Mas quando é com o filho da gente... fica cega. Eu vivo com a cabeça fervendo. Tentando entender você. Ontem recebi um bilhete da diretora da escola. Telefonei. Ela foi mais esperta. Disse que você tem faltado às aulas, sempre. Mal aparece.

— Não faltei tanto, mãe, juro!

— Quieta, Dora. Quieta. Nunca bati em filho, mas se você continuar mentindo não sei o que vou fazer. A diretora fez suposições. Falou em droga. Aconselhou. E eu defendi você. Defendi! Contei tudo sobre nós. O desemprego do seu pai... a queda do padrão de vida... o afastamento dele... a separação... disse que você não se conformava.

— Não me conformo mesmo.

— Ninguém aqui se conforma. Eu também não me conformo em perder, em sofrer dificuldades. Minha vida era um mar de rosas, o que é agora? Mas tento fazer as coisas melhorarem. Olhe seu irmão, Dora. Nunca se meteu em confusão. Só me deu alegria. Você não. Só sabe culpar a mim, a seu pai... como se a gente tivesse feito tudo de propósito!

Dora olhou para a mãe, quieta. Estava doida para fumar de novo. Ainda tinha uma pedra. Só queria que aquela conversa fosse encerrada.

— Acabou, mãe? Estou morrendo de sono.

A surpresa de Cleusa foi total.

— Como você consegue ser tão cínica? Vá, vá deitar. Eu... eu vou pensar no que fazer.

Irritada, Dora foi para o quarto. Não percebeu que a mãe a seguia com os olhos. Pegou a caixa de fósforos e a pedra. Era bom fumar com caixa de fósforos. Bastava fazer um buraquinho e...

A porta se abriu. As mãos de Cleusa pareciam duas garras no ombro da filha.

— Nós, nessa crise, e você vem para o quarto se drogar? Não tem vergonha?

Dora gritou, quando a pedra caiu no chão. A mãe a sacudia.

— Viciada, viciada!

Soltou-se. Cleusa esmigalhou a pedra com o pé. Dora, furiosa.

— Você não tem nada a ver com a minha vida!

— Sou sua mãe!

— Me deixa em paz!

Estarrecida, Cleusa percebeu:

— Foi você que roubou minha gargantilha, os brincos. Ainda me deixou acusar aquela pobre mulher... ela perdeu o emprego... aqui e em outras casas. Como você pôde, Dora. Perdeu toda a noção de decência... eu... eu tenho vergonha de você.

As lágrimas rolavam pelo rosto da mãe. Cleusa continuou, desesperada.

— Tenho vergonha de mim também. Fui tão boba. Tão boba, que nem percebi.

No fundo do coração de Dora brotou uma emoção enorme. Começou a chorar, descontroladamente. Como dizer o que sentia? Queria se arrepender. Tinha vergonha, sim, de ter deixado Gui caído na rua. Vergonha de ver a mãe nesse desespero. As coisas não deviam ter acontecido assim. Abraçou a mãe, chorando. Ficaram um tempão juntas. Cleusa chorou também, fez carinhos. Culpou-se.

— Eu também errei... só não sei onde. Acho que eu... que eu não soube entender o que você sentia.

De repente, Cleusa teve uma ideia. A salvação, no seu entender.

— Vamos para a casa da minha mãe. Lá, no interior de Minas, você vai fazer novas amizades. Ficar longe de tudo isso! Vai descansar. Quem sabe, até muda a escola pra lá.

— Quero sair dessa, mãe. Topo.

Dora lembrou-se dos doces que a avó fazia. Seria ótimo passar uns tempos em Minas. Pegaram as malas da parte de cima do guarda-roupa. Arrumaram as roupas. Cleusa levaria pouca coisa. Só acompanharia a filha. Pediria para uma amiga da imobiliária hospedar André, assim ele não perderia as aulas. Conhecia os horários dos ônibus para a cidade dos pais. Pegariam o primeiro, de manhã cedinho.

Depois de tanta emoção, estavam todos exaustos. Dora abraçou André, despedindo-se. Agradeceu a tentativa de ajudá-la. Entre os irmãos voltou a existir uma ternura desaparecida nos últimos tempos.

— Boa sorte, Dora — ele desejou. — A gente se vê nas férias.

Deitaram quase ao amanhecer. Dormiriam apenas algumas horas. Feliz, Dora pensava na nova vida em Minas. Sim, ficaria livre de tudo. Seria bom comer comidinha da avó, tomar leite tirado na hora.

De pensamento em pensamento, descobriu que não conseguia dormir. Foi sentindo uma tremedeira. Os acontecimentos passavam pela sua cabeça, num clima de frenesi. Em seguida, começou o tremor. Era assim quando ficava privada do *crack*. Dava um horror, uma secura. Nesse dia, talvez devido à agitação, tudo se acentuou. Bateu uma angústia enorme. Quis beber um copo de água na cozinha. Molhou o rosto.

Ao passar de volta na sala, viu a bolsa da mãe esquecida no sofá. Aí, as coisas foram acontecendo. Não havia um plano definido. Agiu instintivamente. Se alguém tivesse surgido naquele instante e perguntado o que fazia, ficaria surpresa. Pois, no seu entender, não estava fazendo nada. Como se o cérebro estivesse desligado do corpo. Era a velha sensação de estar assistindo a um filme protagonizado por ela mesma. Seus movimentos eram automáticos. Abriu a bolsa. Pegou a carteira.

Havia, em dinheiro vivo, o suficiente para um táxi. Quem sabe, sobraria para algumas pedras. Pegou.

Entrou no quarto. Olhou a mala. Abriu, agarrou algumas roupas ao acaso, botou na mochila. Raciocinou que poderia ir para Minas na próxima semana. Só queria se despedir dos amigos. Ficar livre de tanta gente martelando em seus ouvidos. Sim, iria para Minas outro dia! Quando voltasse, explicaria que só fora dar um abraço na turma. A mãe entenderia.

Bem devagarzinho, abriu a porta da sala. Desceu até a garagem. Se saísse pelo portão, o vigilante da noite veria. Mas era fácil abrir a garagem pelo lado de dentro. Já fizera isso outras vezes. Quando chegou na rua, clareava. Notou o vigilante dormindo na guarita do portão. Correu, sem parar. Parecia ter varado quilômetros, quando viu um táxi. Fez sinal. Partiu.

Bateu na porta do apartamento dos primos até cansar. Derrubado de sono, Naldo abriu.

— Fugi de casa — Dora avisou. — Fugi, para sempre!

Ele sorriu e disse que podia entrar. Tremendo, ela pediu uma pedra. Uma só, para passar a fissura. Enquanto fumava, Dora sentia-se livre. Livre, como tinha vontade de ser!

Exausta, só acordou bem tarde. Olhou a sala vazia. Estava deitada num colchonete, sem lençol. Foi até o banheiro. Trancado. Ruído de chuveiro. Inspecionou a cozinha. Num canto, havia um cacho de bananas pretejadas. Pegou uma, devorou. Naldo apareceu, saindo do banho, enrolado numa toalha.

— Tudo bem?

Ela deu de ombros. Visto de perto, sem camisa, Naldo parecia bem magro. Embora ainda bonito. Tinha os ombros largos, mais para o atlético. Resquícios da época em que praticava natação. Sorriu, enquanto abria a geladeira. Encheu um copo com leite frio.

— Quando acordo, só consigo tomar leite. Fico enjoado.

Ela contou em detalhes o que havia acontecido. Naldo parecia ter esquecido a noite anterior. No meio da conversa, o primo entrou na cozinha. Estava chegando da rua.

— Estou caindo em pé.

Ultimamente, o primo vinha tentando montar uma banda de rock. Os ensaios atravessavam a madrugada. Ouviu metade da história, apavorou-se:

— Naldo, Dora, que loucura!

Ela não podia ficar ali, explicou. Se Gui abrisse o bico, seria o primeiro endereço que ele mencionaria

— O Gui não é dedo-duro — defendeu Dora.

Os primos concordaram. Não era não. Mas quem sabe a reação de um sujeito ferido, com a família e a polícia em cima.

— Pensando bem, até o apartamento tem que ficar limpo. Vamos esconder o bagulho — refletiu Naldo.

— Vocês vão me botar no meio da rua? — assustou-se Dora.

Ninguém pretendia fazer isso, é claro. Eram amigos. Naldo lembrou:

— O Elias se mudou pra uma casa na Frei Caneca. Eu sei onde é.

Elias? Dora sentiu um calafrio, lembrando-se do beijo.

— Ele não é um cara ruim, Dora. Fica tranquila. Se ele tentar alguma coisa, você abre o jogo. Diz que não quer, ele vai entender — refletiu Naldo.

— Se pesar, você fala com a gente. Com mais uns dias, se for preciso, eu arrumo outro lugar pra você ficar. É que minha namorada está viajando, senão você ia pra casa dela — prometeu o primo.

Afinal, na noite anterior, Elias fora muito legal. Tivera sangue-frio. Fora salva por ele. Não havia alternativa. Ajudou os primos a arrumarem o apartamento. Esconderam as pedras dentro de um livro oco. Por fora, parecia de verdade. Abrindo, era como se fosse uma caixa. Ficava junto de outros livros de Naldo, empilhados num canto do quarto.

— Se alguém aparecer, eu digo que não vejo você há dias — garantiu Naldo.

Foram até a casa da rua Frei Caneca. Por fora, dava arrepios.

Era uma mansão abandonada. Havia uma varanda enorme. A porta da frente estava fechada com corrente e cadeado. Entraram pelos fundos, atravessaram uma cozinha com a pia de mármore arrebentada. Chegaram à sala. O teto fora, algum dia, lindo. Era enfeitado por baixos-relevos. O chão, de madeira, tinha buracos por todos os lados. Pilhas de lixo num canto. A parede, esburacada, com o reboco caindo, estava coberta de inscrições, desenhos. Dois colchonetes estavam num canto. Num deles, uma garota estava deitada, embaixo de um cobertor. Dora estranhou, porque fazia um calor absoluto. A garota tremia.

— Cadê o Elias? — perguntou Naldo.

— Lá em cima — respondeu a garota.

Já na porta, Dora virou-se surpresa. Havia algo de familiar naquela voz. Mas a garota já havia se enrolado no cobertor. Naldo subia os degraus de uma escada de mármore gasto.

— Elias! — chamaram.

Ele apareceu no alto da escada. Apesar do medo, ela sentiu alívio. Elias não a abandonaria. Tinha certeza.

— Sujou, Elias. Sujou — disse, apenas.

— Sobe.

Entrou num quarto de persianas quebradas, também fechadas com um cadeado. Havia um armário velho, algumas caixas de papelão e um colchão com lençóis e cobertores em cima.

— Aqui nós vivemos numa boa — explicou Elias.

Haviam invadido a casa, abandonada havia anos. Eram vários moradores. Dois rapazes dividiam o outro quarto. Havia gente que passava uma, duas noites e depois sumia. Elias era uma espécie de xerife local. Todos entravam e saíam por trás, sem dar muito na vista. Estavam sem água, mas conseguiram puxar luz fazendo uma gambiarra nos fios da rede pública. Para tomar banho, se viravam com uma torneira do vizinho do fundo.

— Tem um buraco no muro — contou Elias. — De dia, a casa é um escritório. De noite, o segurança fica na frente. É mole entrar e usar a torneira do quintal.

Essa foi a parte que Dora odiou. Não queria ficar suja. Parecer uma mendiga. Elias contou que às vezes ia na casa dos pais. Quando o pastor não estava, a mãe dava comida, roupas limpas.

— O velho é que não pode me ver. Diz que sou um castigo.

— Nunca mais vou poder voltar pra casa — contou Dora.

— Eu ajudo você. Conheço um restaurante por quilo pra gente comer. O dono também deixa tomar banho lá, de vez em quando.

Elias sorriu para ela. Apesar da falta de dentes, de repente parecia bonito. Comoveu-se com sua solidariedade. Naldo despediu-se.

— Está entregue, Dora. Mas... você só fica aqui um tempo. Eu vou arrumar um lugar melhor.

— Tudo bem, Naldo.

O rapaz despediu-se, sem jeito.

— Bem que eu queria que você ficasse lá no apê. Ia ser legal. Você sabe que eu gosto de você, Dora. Mas o meu primo também é dono do apartamento. Se você precisar, me procure.

Naldo abraçou-a, forte. Despediu-se beijando o canto de sua boca.

Quando ele desceu as escadas, Dora sabia que não faria mais nada por ela, espontaneamente. Na cabeça dele, o problema estava resolvido. Poderia passar lá o resto dos seus dias, e Naldo não mexeria uma palha. Tinha seus próprios problemas. O principal era conseguir dinheiro para as alucinações.

— O que vai ser de mim? — Dora estremeceu.

Sabia perfeitamente o tipo de lugar onde viera parar.

— Vou viver como mendiga — pensou.

De repente, sentiu uma angústia maior que todas as outras, um sofrimento que não vinha da falta de *crack*. Era isso, afinal, a liberdade? Agora podia viver sem regras, sem ninguém em cima. Sem a mãe, sem a diretora, sem os colegas. Longe do irmão, sempre tão certinho. Longe do Tigre, sempre querendo se aproximar. Valia a pena? Até a noite anterior, tinha comida, uma cama quente. Subitamente, estava naquele casarão abandonado. Moraria num canto de um quarto com janelas quebradas, onde o vento entrava de noite. Elias interrompeu seus pensamentos:

— É legal você ter vindo, Dora. Vamos traçar um rango.

— Estou quase sem grana.

— Eu pago. É comemoração.

Hesitou, de leve. Ele insistiu.

— Mais tarde a gente passa a mão no som de uns carros e você se recupera. Dá pra viver legal.

No restaurante, ele a ajudou a fazer o prato. Arroz, feijão, salada, canelone, carne de panela. Tudo misturado. Ele comeu pouquíssimo. Dora não. Tinha um enorme apetite.

Voltaram logo. Estava louca para fumar uma pedra. Entraram na casa, apressados.

A garota que dormia na sala chamou.

— Elias!

Novamente, Dora teve a estranha impressão de reconhecer aquela voz. Quem?

Foi atrás de Elias. Meio sentada, meio deitada, a garota pediu.

— Arruma algum, estou estalando.

— De jeito nenhum, você me deu o calote outro dia.

A garota revistou os bolsos, arrancou algumas notas amassadas, jogou.

— Pega. Está pago.

O rapaz contou. Acenou com a cabeça.

— Tudo bem. Dá pra trazer algum. Espera aí.

Dora percebeu que a garota tremia sem parar. Elias subiu as escadas correndo.

— Já volto.

— Quer um copo de água? Acho que tem uma garrafa lá no quarto — ofereceu Dora, com pena.

Notou um estremecimento, como se a garota estivesse inquieta. Pela primeira vez, ergueu o pescoço. Dora assustou-se. Nunca vira um rosto tão magro em sua vida. Esquelético.

Passou o susto, veio a surpresa. Um instante depois, o reconhecimento.

— Magda?! É mesmo você? Você, Magda!

10

Era a última pessoa do mundo que esperava encontrar naquela casa. Magda, a filha do dono da fábrica de chocolates! Magda, sempre em carros importados, com motorista! A de mansão com piscina! Não, não podia ser ela. Mas, apesar do rosto magro, do cabelo sujo, do tremor incessante dos braços, não havia dúvida. Magda!

— Dora?

A voz de Magda tinha se tornado rouca, como se estivesse com um pigarro na garganta. Levantou-se do colchão, apoiou-se na parede. Dora notou a falta de equilíbrio. Teve um impulso. Correu até ela, abraçou-a. Sentiu o cheiro azedo do corpo sem banho. Continuou abraçando, forte, bem forte. Separaram-se, Magda sentou-se.

— Então, você também está nessa.

Sentiu-se mal. Não queria se comparar com Magda. Não estava caída como ela. Saíra de casa, apenas. Era uma situação transitória, até... parou um instante. Não sabia o que dizer depois de até... Até o quê, afinal? Estremeceu. Em seguida, acalmou-se. Raciocinou. Afinal, não era dependente das pedras. O irmão de Gui estava errado. A mãe também. Não era viciada. Poderia parar, se quisesse. Era só questão de tempo. Lembrou-se da mansão onde Magda morava, fazia tão pouco tempo! Como viera parar ali?

— Já tinha experimentado fumo umas vezes — contou Magda. — Tudo bem. Meu tio fuma há anos... aí, as coisas foram rolando. Lembra da Tânia?

— Aquela que era filha de um cirurgião plástico? A que queria virar modelo?

— Foi ela quem me apresentou a coisa. Uma outra menina lá na escola tinha uns amigos, e eles gostavam das pedras. Era uma turma muito doida. Ácido, *ecstasy*... a gente começou a sair junto. Aí, um dia me deu um negócio... eu caí no chão do banheiro de uma danceteria, babando, batendo os pés, as pernas... a maior bandeira. Todo mundo se mandou. Chamaram a polícia. Meu pai e minha mãe descobriram tudo. Fui parar numa clínica.

Apavorou-se. Já ouvira falar de internação. Perguntou a Magda como era.

— Um horror. A gente perde o domínio sobre a própria vida. Tem de obedecer em tudo. Hora de jantar, hora de almoçar. Hora disso, hora daquilo. Lá dentro mesmo tinha um carinha que me arrumava pedras. Fumava dia e noite. Descobriram. Foi outro escândalo.

Fora uma peregrinação, de sanatório em sanatório. Quando saía, sentia-se bem. Saudável. Visitou a Europa com a mãe. Na volta, reencontrou Tânia, a amiga que lhe apresentara as pedras. Refizeram a amizade. Na casa de Tânia, ninguém desconfiava. Ela se enchia das coisas até as orelhas, sem dar bandeira. Saíam juntas. Os pais de Magda achavam bom. Um dia, aconteceu de novo. Exagerou. Teve a overdose no próprio quarto. Foi encontrada pela governanta. Acabou no hospital. Quase morreu. Fora de perigo, o pai decidiu:

— Você vai fazer um tratamento de desintoxicação.

— Eu não estava a fim de tratamento algum. A vida é minha, não é? Eles queriam me obrigar, e eu não ia permitir. Meu pai veio me buscar no hospital. Queria me levar direto para a clínica. Era longe. Ele parou num posto para botar gasolina. Fingi que ia pro banheiro. Fugi pelos fundos. Devem estar me procurando até hoje.

— Como você vive, Magda?

Houve um silêncio. Ela deu de ombros.

— Sei lá. Como dá. Escuta, você tem algum pra me apresentar?

— O seu já está aqui — disse Elias, que voltara silenciosamente, e estendia um pacotinho.

Magda pegou o papel amassado, abriu, trêmula. Não parecia mais notar a presença de Dora.

— Depois a gente se vê, Magda — disse Dora, subindo.

A amiga nem levantou o olhar, enquanto fumava as pedras. No quarto, Elias foi taxativo.

— Não é legal você andar com ela, Dora.

— A gente estudava junto!

— Tem gente que não consegue se controlar... que vai fundo demais. Ela é assim. Faz qualquer negócio pra conseguir a coisa. Se você andar com ela, vão pensar que é igual.

— Igual como, Elias?

— Ela sai com os caras. Qualquer cara que dê uma grana ou que arrume bagulho.

Ficou chocada.

— A Magda? Não pode ser, ela é de família fina... ela...

Elias a observava friamente. Ficou em silêncio. Vira o estado de Magda.

— A gente não devia avisar a família dela? Sei lá, ajudar?

— Você quer ser dedo-duro, Dora? Queria que avisassem a sua?

— É diferente.

— Diferente como? Ninguém tem nada a ver com a vida do outro.

Acendendo um fogareiro, Elias retirou um pacotinho do bolso.

— Que você vai fazer?

— Umas pedras. Comprei coca, da boa. Misturo com bicarbonato, esquento... você não sabe como é?

— Nunca fiz.

— Ajuda aqui. Assim sobra mais pra gente.

Aproximou-se. Aprendeu a dar o ponto, misturando bicarbonato com a coca e esquentando, até a pasta ficar parecida com uma calda grossa. A separar as pedras, deixar secar. Depois, fumaram. Sentiu-se tonta.

— Preciso descansar.

— Deita.

Elias abriu espaço no próprio colchão. Ela hesitou.

— Ficou com medo de mim?

— Não, é que...

— Eh, Dora... vai enfrescar? Estou dando a maior força. Arrumo lugar pra ficar, comida. Você nem agradece?

Tremeu. E se Elias a botasse na rua? Para onde iria? Ao apartamento de Naldo? Mas ele tinha dito que não podia ficar lá! Voltar para casa? Agora sua mãe estaria uma fúria. Seria levada para Minas... naquele dia mesmo. Por um instante, até ficou com vontade de ir para Minas. Entretanto... no íntimo sabia que não podia viver sem as pedras. Pelo menos por mais algum tempo. Pensou em Gui. Como estaria no hospital? Lembraria dela? De que adiantava pensar nele, afinal?

Estavam longe um do outro. Separados. Talvez Gui fosse internado para tratamento. Só podia contar com Elias, era a verdade. Sentiu-se comovida. Fora ele quem lhe estendera a mão.

— Você é legal comigo, Elias.

Deitou-se a seu lado. Abraçaram-se. Quando sentiu os dedos dele escorregando por seu corpo, tentou pensar em outra coisa. Como se não fosse com ela. Era apenas um filme a que estava assistindo. Um filme. A atriz se parecia com ela, era só. Mais tarde fumaria de novo. Tudo aquilo seria apenas lembrança.

Desde aquele dia, passou a viver com Elias, como se estivesse casada. Sentia-se segura, pois ele cuidava de tudo para ela. Arrumava comida. Drogas. O que ela quisesse, era só pedir. Os amigos logo ficaram sabendo.

— O coitado está maluco por você, Dora — comentava Naldo.

Depois, ele se lamentava.

— Sorte dele. Eu é que fui burro de levar você pra lá.

— Deixe de história, Naldo, você nunca esteve a fim de verdade.

— Pode ser e pode não ser. Como é que você sabe?

Riam. Ela sabia que ele gostava dela, sim. Só não tivera oportunidade. Ou melhor, quando ela aparecera no apartamento, não soubera aproveitar a chance. Agora, arrependia-se. Era tarde. Ao lado de Elias, Dora se sentia bem.

Ninguém tocava no nome de Gui. Como se ele tivesse morrido. Uma vez, sozinha, não resistiu. Ligou para a casa dele de um orelhão.

— Quero falar com o Gui.

Do outro lado, a voz da mãe. Ouviu uma respiração forte, de surpresa.

— Quem é? Dora?

Ia desligar, a outra continuou falando.

— Dora, é você, eu sei. Já soube que fugiu de casa. A sua mãe está louca, desesperada. Procurou a polícia. Morro de pena dela, não se faz isso com uma mãe. Mas fique sabendo. Não quero mais ver você perto do meu filho.

— Só quero saber... e o Gui... como está?

— Devia ter vergonha de perguntar. Você deixou o Gui caído na rua, pensa que não sei? Fique longe do meu filho,

Dora. Longe. Você é péssima influência pra ele. Graças a Deus, ele está se tratando. Você também devia se tratar. Volte pra casa. Ou também vai acabar levando um tiro, como o meu filho.

Lembrou-se dos filmes policiais. E se localizassem o telefone? Desligou.

Nem por um instante pensava em voltar. Tudo ocorrera exatamente como imaginava. Gui, internado.

— Os pais sempre querem mandar na vida da gente — pensou.

Naquele dia, fumou o dobro. Dora se enchia de *crack* cada vez mais. Quando ficava muito elétrica, tomava comprimidos para dormir. No dia seguinte, nem conseguia se mexer, de tão caída. Uma vez, chegou a ter consciência do que estava acontecendo. Lembrou-se de um filme que falava sobre rãs. Segundo o filme, se uma rã for jogada na água fervendo, ela pula fora. Mas se for colocada na água fria, sendo aquecida aos poucos, morre cozida. Por um instante, sentiu-se como essa rã. Se algum tempo atrás tivessem descrito sua vida atual, duvidaria. Ela, que fazia tanta questão de carro importado, morando em cortiço?

Afastou os pensamentos e nunca mais foi tomada pelas dúvidas. Caiu numa rotina. Ela e Elias acordavam tarde. Faziam café no fogareiro. De vez em quando bebia leite na padaria. Ajudava Elias a passar as pedras. Em dois era mais fácil. Comiam no restaurante por quilo. Banho, cada vez menos. Uma vez a calça jeans estava tão suja que comprou outra e jogou fora a anterior. Fumavam *crack*, muito. De noite, roubavam sons de carros.

Às vezes dava um branco na cabeça. De repente, estava fora desse mundo. Quando voltava a si, não se lembrava do que acontecera. Elias não estranhava. Também tinha esses sumiços. Um estranho também não notaria. Não desmaiava. O cérebro vagava. Outras vezes tentava pensar, e não conseguia. A cabeça misturava os fatos. Certas tardes, acordava e olhava em torno, estranhando. Pensava estar em seu antigo quarto, no apartamento da mãe.

Acabou se tornando, novamente, amiga de Magda. Conversavam muito. Preocupava-se com ela, sempre trêmula. Quase não comia mais. Uma ou duas vezes, quando passava pela rua Augusta, de madrugada, percebeu a amiga. Rodando pela rua. Não era como as outras prostitutas, muito pintadas, com saias curtas, oferecendo-se aos clientes. Magda caminhava como uma personagem de pesadelo. O rosto adolescente e o corpo magro diziam tudo. Quem parava sabia do que se tratava. Droga. Apesar da má aparência, nunca faltavam clientes.

— Vou falar com ela. Ver se sai dessa — decidiu Dora.

— Deixa pra lá. Você não tem nada a ver com isso — insistiu Elias.

Desistiu. Que argumentos usaria? Era cada um por si. Certa noite, ao ver Magda entrando num carro, sentiu uma pontada de dor. Como a amiga, até pouco tempo tão esnobe, podia cair assim? Voltou para a mansão abandonada. Foi para o quarto fumar.

Meses se passaram dessa maneira. Muitas vezes sentia saudade da mãe. Do pai. Até de André. Nunca pensara que ia sentir falta do irmão. Temia ligar. Levar bronca. Melhor pensarem que estava longe. Em outra cidade. Não se preocupava muito em ser encontrada pela polícia. Quando se olhava no espelho, sabia. Era outra pessoa. Cabelos compridos, com duas trancinhas na frente. Rosto bem afinado. Uma tatuagem no ombro, nova. Também perdera um dente. Mal se notava, era no canto da boca. Fora até divertido. O dente havia caído ao acordar. Como se fosse de leite. Riu.

A rotina tornou-se fumaça de uma hora para outra. Simplesmente, um dia, Elias não voltou.

Tudo aconteceu de forma misteriosa. Acordou às duas da tarde, e ele não estava lá. Estranhou. Desceu. A moto presa na escada, presa com o cadeado, como sempre. Mais estranho ainda. Cruzou com outro rapaz que morava na casa. Perguntou de Elias.

— Saiu faz uma hora, com uns carinhas. Eu vi.

— Quem?

— Uns carinhas... gente que não é daqui. Vieram atrás dele. Conversaram um pouco e foram embora juntos. Acho que eram da pesada. Pelo jeito.

Veio um medo. Elias não dissera nada sobre sair. Apavorou-se. Sabia que ele não havia pago uma dívida. Estava rolando havia meses. Elias comprara coca para fazer pedras e acabou gastando o dinheiro todo. Esperava repor, roubando som de carros. Vendendo *crack*. Mas cada vez se atolava mais. Muitas vezes ele mesmo dizia:

— Com traficante, ninguém dá o calote.

Se ela se preocupava dizia que era bobagem. Daria um jeito. Agora estava sumido.

Correu até Magda. Enrolada no cobertor, a maquiagem borrada, ela aconselhou Dora a se tranquilizar.

— O Elias é muito chegado dos carinhas da favela. Quase irmão.

De noite, ele não voltou. Fumou uma pedra. Sentou-se no colchão, sem conseguir dormir.

— O que será de mim?

Dois dias depois, estava desesperada. Foi de amigo em amigo. Nenhum sabia. Telefonou para a mãe de Elias, sem se identificar.

— O meu filho não aparece há duas semanas. Quem está falando?

Desligou. Procurou traficantes. A maioria não sabia de nada, outros evitavam o assunto. Naldo encontrou com o surfista que Gui conhecera na praia. Fora quem introduzira Elias na turma. Especulou. O garoto conhecia uns sujeitos da pesada. Informou-se.

— Dora, parece que apagaram o Elias.

Não podia acreditar. Elias, morto, por uma dívida! Chorou. Imaginava o rapaz sozinho na mão dos sujeitos. O medo. A reação. A dor.

— Pelo que eu sei — contou o surfista —, eles dão uma surra e depois acabam com o carinha à bala.

— Nem saiu no jornal! Se tivesse saído, eu ficava sabendo!

— Se liga, Dora. Pra cada um que sai no jornal, tem uns dez de que ninguém mais ouve falar. Eles somem com o corpo. Ou a polícia encontra, vai para o necrotério... muito mais tarde, a família acaba achando.

Em lágrimas, tomou coragem. Ligou para a mãe de Elias. Sem se identificar, contou tudo. A mulher soluçava do outro lado. Quis saber quem era. Dora desligou novamente. Dias depois, fez outra tentativa.

— Estava esperando seu telefonema. O corpo... o corpo estava no IML. Há dez dias. Todo furado de balas. Nós... ele foi encontrado num bairro de periferia. No mato. Tivemos de enterrar imediatamente, estava... nem dá pra dizer como estava! Mas se você quiser, amanhã vai haver um culto religioso em sua memória. Eu digo onde é.

Dora agradeceu. Mesmo receosa, decidiu. Iria. Seria uma forma de se despedir de Elias. Conseguiu tomar um banho. Botou suas melhores roupas, prendeu o cabelo. Magda aconselhou.

— Não vá, devem estar de olho. Vão pegar você.

— Vou sim, Magda. Pelo Elias.

Pegou o metrô. Desceu, seguiu as informações da mãe do rapaz. Chegou perto da igreja protestante onde o pai de Elias era pastor. Esperou num bar, queria entrar com a cerimônia começada. Meia hora depois, andou até lá. Da calçada, ouviu o canto de um coral. Ao entrar, sentiu uma sensação de conforto. Havia quanto tempo não entrava numa igreja! Sentou no fundo, num banco vazio. A igreja estava cheia. Notou as mulheres de cabelos compridos, saias pelo joelho. Crianças. Garotas da idade dela. Sentiu-se muito mais velha. Pareciam tão calmas, tão felizes, cantando. Ao final da música, todos se sentaram. Um homem, que devia ser o pai de Elias, subiu no púlpito. Falou sobre os caminhos de cada um. O livre-arbítrio. Muitas vezes, ouvira o padre falar da mesma maneira. Como cada um tem o direito a escolher a própria vida. Um direito dado por Deus. Uma mulher aproximava-se. Sentou-se a seu lado. Era rechonchuda, de óculos. Cabelos grisalhos. Tocou seu braço levemente.

— Foi você quem ligou, não foi?

Apavorou-se. Tinha certeza. Agora alguém chamaria a polícia!

— Dora, você deve ser Dora. Meu filho falava muito de você. Eu... eu sou a mãe do Elias... e ele... ele amava você... e eu esperava conhecê-la um dia.

Quis se levantar.

— Vou embora. Não sou Dora nenhuma.

A mulher a impediu, delicadamente.

— Não tenha medo. Eu sei que é você, sim... conheço todo mundo nesta igreja. Eu agradeço você, Dora. Muito. Se não fosse o telefonema, talvez meu filho fosse enterrado como um indigente. Às vezes sumia meses inteiros. Eu já estava acostumada. Nunca saberia a verdade. Dói, dói muito. Mas sempre é melhor saber. Agora espero que esteja em paz. Com Deus.

— Eu... eu também espero que ele esteja em paz, dona. Ele foi legal comigo. Ajudou quando eu precisava.

— Então, Dora, ouça. Eu quero ajudar você, se você precisar. Quero dar amor a você, como fez meu filho. Venha para minha casa. Fique conosco, Dora. O tempo que quiser.

A música começou novamente. A mulher abraçou Dora. Choraram, uma nos braços da outra. Até deu vontade de desistir de tudo. Ficar sentada naquele banco, acompanhar a mãe de Elias até sua casa. Contar tudo. Dormir numa cama quente. Tomar leite morno de manhã. Levantou-se.

— Não dá, dona. Não dá.

— Telefone, então! Vamos conversar, Dora. Como amigas. Quando quiser.

Saiu quase correndo. Conversar o quê? A mulher viria com o mesmo discurso de sempre. Gostara da mãe de Elias, sim. Tão doce. Mas e daí? Se ela deixasse, agiria como todos os adultos. Tentaria mandar nela. Pensou em Elias. Na sua dedicação. Nunca estivera apaixonada por ele. Jamais esquecera Gui. Mas Elias, sim, demonstrara amor. Ela ajudara a fumar as pedras. A fazer a dívida. Ele morrera, assumindo toda a culpa. Chorou, andando pelas ruas. Mais tarde, no quarto, continuou chorando. Ao mesmo tempo, tremia. O que fazer dali por diante? As pedras estavam acabando. O dinheiro, curtíssimo. Como viver? A porta se abriu. Magda entrou, pronta para sair. Bastou vê-la para começar a chorar.

— Que foi? — perguntou a amiga, saindo da apatia.

— Eu não sei o que fazer, Magda. Como viver.

— Faz que nem eu. Se vira.

Abanou a cabeça.

— Não tenho coragem. Sair com uns caras que nem conheço?

— Qual é, Dora? Pensa que eu gosto? A primeira vez que eu saí com um cara por grana, quase morri de vergonha. Ficava pensando: Magda, Magda, como você faz uma coisa dessas? A segunda vez foi mais fácil. Finjo que não é comigo.

— Eu... eu não...

— Dora, vai querer bancar a santa o resto da vida?

Teve uma ideia.

— Magda, me empresta uma grana.

— O quê?

— Eu compro um estoque de coca, da boa. Sei fazer pedras, o Elias me ensinou. Vendo. Vai dar lucro. Você tira o seu, de graça.

Viu que Magda hesitava.

— E se você não conseguir vender?

— Fica tranquila. A turma que eu conheço compra.

A amiga sacudiu os ombros.

— Tudo bem. De manhã eu trago o dinheiro. Mas se você me der uma rasteira...

Passou a noite torcendo para que Magda não desistisse! Era a saída!

Para sua surpresa, ela cumpriu o prometido. De manhã, apareceu com uma boa quantia. Com a ajuda de um dos rapazes da casa, Dora arrebentou a corrente da moto de Elias. Levou a um receptador, já conhecido. Aumentou o capital. Depois, telefonou para o surfista. Encontraram-se. Falou da compra. Ele surpreendeu-se com a quantia.

— Eu não tenho tanta coca comigo. Ajudo a arrumar, se você me oferecer uma presença.

Foram juntos até a favela, no carro dele. Olhou as ruas esburacadas. Cheiro de esgoto. Entraram num barraco. Dois sujeitos de camiseta e bermuda sorriram.

— Nem saiu do maternal e já quer se meter nos negócios? — riu o mais gordo.

Estendeu as cédulas.

— Eu pago.

— Pera aí — disse o mais novo, que devia ter uns vinte e cinco anos. — Você pode levar na boa.

— Na boa?

— Transa com a gente.

Horrorizou-se. O surfista abanou a cabeça.

— Ela não faz programa não.

O rapaz gargalhou.

— Todas começam sem fazer. Mais tarde, até imploram para ganhar na boa.

O outro não deixou a discussão se prolongar. Botou a coca num espelho. Esquentou. Fez as carreiras. Experimentaram.

— É boa — verificou o surfista.

Dora comprou. Misturou com bastante bicarbonato, para render. Mais tarde, vendeu as pedras a Naldo, ao primo e à namorada. Sobraram muitas. Dividiu com Magda. Passaram a noite tecendo sonhos. O lucro fora bom. Alugariam um apartamento em breve. Era só juntar mais dinheiro. Magda insistiu:

— Se você fizesse programa, a gente juntava uma grana legal.

Ficou ofendida. Discutiram. Logo fizeram as pazes. Magda desculpou-se.

— Tudo bem. Ninguém faz o que não quer.

Sozinha no quarto, calculava. Bastaria sair com um ou dois sujeitos. Ela e Magda teriam fundos para uma quantidade maior de pedras. Com o lucro, nunca mais precisaria fazer isso. Lá dentro, argumentava consigo mesma, horrorizada. Não, não poderia fazer uma coisa dessas. Mas com Elias não fora assim? Pensara que seria ruim... e nem sentira nada! Nos dias seguintes, consumiu as pedras resultantes do lucro. Economizava na comida, fazendo só uma refeição por dia. Também, nunca sentia fome! Nas noites seguintes, Magda não trabalhou, fumando uma pedra atrás da outra. O dinheiro de ambas acabou rapidamente. Um dia, acordou às sete da noite. Vivia assim, trocando o dia pela madrugada. Foi chamar a amiga para irem comer alguma coisa. Magda dormia, enrolada no cobertor. Notou o corpo debatendo-se, agitado. Não quis chamá-la. Saiu sozinha.

O dinheiro só dava para um café com leite e pão com manteiga. Devorou. Nervosa, caminhou pela rua Augusta. Amanhã teria de encontrar uma saída. Talvez emprestar de Naldo. Pagaria logo. Ou, quem sabe, poderia roubar um som. Tinha medo de fazer isso sozinha, mas... Notou um carro parando a seu lado. Assustou-se. Seria algum conhecido? Um sujeito de uns trinta anos botou a cabeça para fora.

— Entra aqui.

Ficou estática.

— Entra logo, e a gente discute quanto é. Só não quero ficar parado, algum conhecido pode passar.

Olhou em torno. Ninguém estava vendo. Percebeu várias garotas fazendo ponto. Fora confundida com uma delas. Quase disse que não. Sem saber por quê, fez exatamente o contrário do que pretendia. Abriu a porta e entrou.

Mais tarde, nem saberia descrever o homem. Foi apenas a primeira vez.

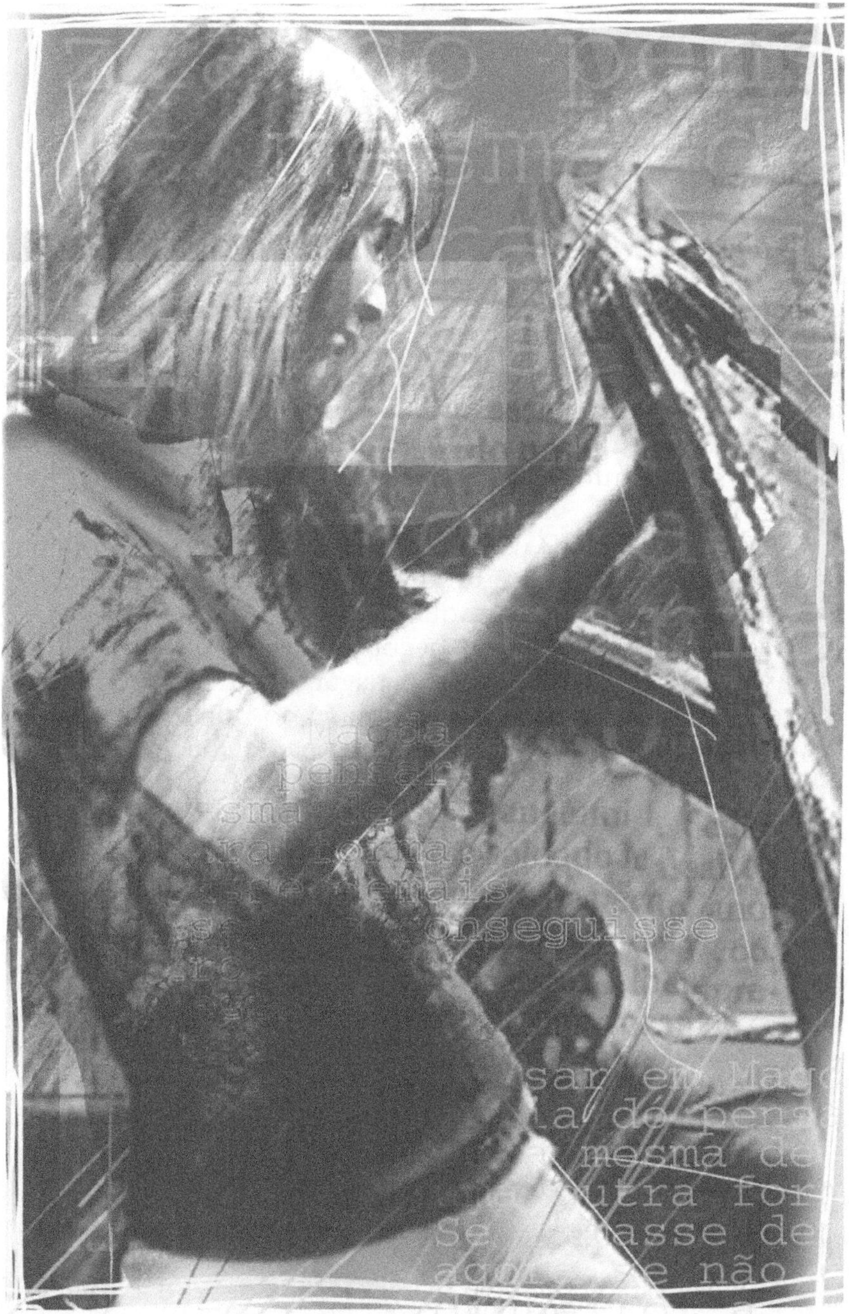

11

O dinheiro começou a entrar rapidamente. Sumia mais depressa ainda. Nunca conversou sobre o tema com Magda. Envergonhava-se. Nenhum dos amigos da turma fazia perguntas. Deviam suspeitar de alguma coisa. Refletia, às vezes, que Magda estava certa. Na primeira vez, chorou muito. Pensou em Gui e em Elias. Em breve, tornou-se mais fácil. Ao sentir o corpo de um homem sobre o seu, tentava pensar em outra coisa. Fingia que não era com ela. Refugiava-se na já conhecida fantasia de que estava assistindo a um filme. A personagem era igual a ela. Tinha o mesmo nome. Os mesmos hábitos. Os mesmos sentimentos. Mas não era ela, Dora. Era apenas uma desconhecida.

Sentia-se calma. Havia o suficiente para comer, comprar pedras. Dormia boa parte do dia. Às vezes, a situação pesava. Alguns homens pediam que fizesse coisas que pareciam horríveis. Era maltratada. Chegou a levar uma surra. Em várias ocasiões, recusaram-se a pagar e fora abandonada longe de casa, em ruas vazias. Chorava no início. Foi ficando insensível. Como se houvesse uma parede de vidro entre ela e a realidade. Tudo que acontecia não atingia seu coração. Não de verdade.

Novamente, entrou numa rotina. Acordava tarde. Passava horas conversando com Magda. Comprava e vendia pedras. Fumava muito. A cabeça viajando a maior parte do tempo.

Numa tarde, acordou com uma gritaria. Apesar do corpo pesado, correu para a escada. Na sala, Magda brigava de tapas com os dois rapazes que dividiam um dos quartos da casa.

— Magda! — gritou.

— Não se mete — avisou um deles.

O outro empurrou a amiga contra a parede.

— Devolve o que você roubou.

— Desgraçado, idiota, me solta! Babaca.

A boca de Magda sangrava. Dora desceu a escada em câmera lenta.

— Vocês estão fazendo o maior escândalo. Vai dar polícia.

Diante da palavra mágica, acabou a briga. Todos tinham horror de polícia. A história veio à tona. Aparentemente, Magda roubara a droga de um deles. Uma caixa de comprimidos para dormir. Ela garantia que não. Revistaram. Estava embaixo de seu colchão.

— Aqui você não fica mais.

Olho roxo, Magda teimava.

— Mudei pra cá antes de vocês.

— Dane-se!

Havia um pacto, não escrito, de que ali dentro ninguém roubaria ninguém. Dora pediu ao que fora roubado:

— Perdoa ela, foi só dessa vez.

— Coisa nenhuma. Não é a primeira vez. Essa desgraçada vive metendo a mão nas coisas da gente.

Enraivecida, Magda pegou a mochila, enfiou seus poucos pertences.

— Também, não quero mais ficar aqui.

— Pra onde você vai? — gritou Dora.

— Dou um jeito.

Desesperada, Dora implorou que tudo fosse esquecido. Nenhum dos envolvidos topou. Observou a amiga fechar a mochila. Despediram-se.

— Dou um toque de onde estiver morando.

Sozinha, encarou os dois rapazes, com raiva. Um reagiu:

— Se não estiver satisfeita, vá com ela.

Arrepiou-se. Para onde? Percebeu que, naquela casa, já não dava ordens, como no tempo de Elias. Era apenas mais uma moradora. Por pouco tempo, possivelmente. Os rapazes estavam trazendo a turma deles para lá. Se fosse expulsa, para onde iria?

— Não vou pensar nisso agora — decidiu.

Voltou ao quarto, fumou. Sentiu-se melhor. Pouco depois, saiu à rua. Comeu um pãozinho. Resolveu passar pelo apartamento de Naldo. Desabafar.

Quando abriu a porta, o amigo fez cara de surpresa.

— Dora! Nem que tivesse sido combinado.

Da sala, veio um grito.

— É ela?

O coração pulou de alegria.

— Gui?

Um instante depois, estavam nos braços um do outro. Beijaram-se.

— Eu tinha vindo aqui saber de você. De repente, você aparece! Telepatia, Dora!

Naldo, o primo e a namorada sorriam, animados. Serviram vodca.

— Vamos comemorar.

Gui contava sua história. A polícia e a família fizeram a maior pressão. Queriam endereços. Contatos com traficantes. Ele não revelou coisa alguma.

— O ferimento ajudou. Se insistiam muito, eu dizia que estava com dor.

— Esperto! — elogiou Naldo.

Depois, fora para a clínica.

— Foi péssimo. Eu ainda nem podia respirar direito, porque a bala atingiu o pulmão. Era obrigado a ouvir discurso, a fazer curso, falar com psicólogo.

— Foi duro deixar as pedras? — perguntou Dora.

— Era obrigado a me manter limpo. Sofri bastante. Com o tempo foi passando. Acostumei a ficar sem.

Naldo admirou-se.

— Você largou tudo?

— Estou limpo — garantiu Gui.

Magoada, Dora descobriu que ele saíra da clínica havia tempos.

— Não me procurou?

— Nem podia. Todo mundo estava de olho em mim. Sua mãe avisou a polícia do seu desaparecimento.

— Eu sei. Uma vez liguei pra sua mãe e levei coice pra todo lado.

— Fiquei sabendo. Enquanto o cerco estava fechado, eu fiquei na minha. Da natação pra casa, de casa pra natação. Estou nadando todo dia, pra melhorar o fôlego. Agora, eles têm confiança de novo. Não vigiam mais.

Abraçou Dora.

— Morri de saudades.

Saíram juntos. Como nos velhos tempos, subiu na garupa da moto. Mostrou onde morava. Ao entrar, Gui ficou chocado.

— Dora, é um cortiço. É horrível.

— Já me acostumei. Além de quê, é provisório. Quando tudo melhorar, saio daqui.

Subiram. Ele passou o dedo nos seus cabelos.

— Pensava em você, sempre.

— Eu também, Gui.

Envergonhada, lembrou de Elias. E nos outros rostos anônimos da noite. Como contar a Gui, que nem suspeitava? Tentou ser franca. Falar.

— Tem muita coisa que você não sabe.

Ele a abraçou bem forte.

— Deve ter sido uma barra. Eu sei. Fico triste de não ter podido ajudar. Você é muito corajosa, Dora. Enfrentou a vida. Não precisa contar tudo o que aconteceu. Fiquei sabendo de você com o Elias. Sei lá, doeu, me machucou. Mas agora tudo bem. Eu entendo.

Dava uma sensação boa de calor, de proteção, estar assim, abraçada.

— Eu te amo, Dora. Amo muito.

Apesar de se sentir bem, percebeu que o corpo começava a tremer. Voltava a secura, os sintomas da falta do bagulho. Ficou constrangida.

— Gui... é superlegal você ter vindo. Vendo você até dá vontade de ficar limpa. Longe do bagulho. Mas... eu... eu quero dar uma fumadinha.

— Tudo bem.

Procurou. Tinha umas pedras na barra da calça, embrulhadas. Não achava. Nervosa, tateava com os dedos. Ele pegou sua mão.

— Fica fria.

Abriu a carteira, tirou um pacotinho do esconderijo. Abriu, mostrou as pedras.

— Mas... pensei que você estivesse limpo, Gui.

Ofendido, ele replicou:

— Claro que estou. Aprendi a me controlar.

Fez um buraquinho numa caixa de fósforos vazia, acendeu a pedra. Fumou.

— Não quer?

De tão surpresa, Dora mal conseguia falar.

— Então você não deixou?

Gui deu de ombros.

— Até tinha deixado. Mas fui a uma festa da turma da natação. Um carinha ofereceu. Topei, só uma vez. Tenho fumado de vez em quando. Não sou mais viciado.

Estendeu a caixinha. Ela aceitou. Ficaram um tempão conversando, abraçados no colchão. Mais tarde, ele foi embora. Caída no colchão, Dora sonhava com Gui. Agora, sim, seriam felizes!

Gui começou a aparecer todos os dias. Com a desculpa da natação, livrava-se da família. Beijavam-se, de vez em quando. Mas só. Com a droga, o desejo sumia. Conversavam muito. Ele ia embora ao anoitecer, para não despertar suspeitas da família. Jamais tocava em temas delicados. Como o dinheiro de Dora. Nunca perguntava de onde vinha. Nem pretendia perguntar, pelo que ela percebeu. Sem mesada, Gui abastecia-se com ela. Que nunca negava. Afinal, se amavam! Um dia pretendiam se casar!

Em breve, Gui estava fumando mais do que antes. Como ele voltava para casa cedo, ela ficava livre para procurar clientes. Saía sozinha. Sempre aparecia alguém. Às vezes, nem precisava sair. Apesar de terem expulso Magda, os dois rapazes eram legais com Dora. Sempre dispostos a arrumar alguma coisa. Desde que ela fosse boazinha. Muitas vezes, incomodada, pensava no silêncio de Gui. Suspeitaria de alguma coisa?

— Claro que ele sabe — disse Naldo, certo dia.

— Tem certeza?

— Ninguém é idiota, Dora. Para ser franco, eu mesmo fiquei chateado sabendo que você caiu nessa. Pode se dar mal.

— Sei me cuidar — ela garantiu.

Naldo aparecera sem ser esperado. Quase nunca ia até ela. Parecia ter alguma coisa a dizer.

— Abre o jogo, Naldo.

— Vou ser franco, Dora. Sabe que eu gosto de você. Bastante.

Emocionou-se. Muitas vezes, ele parecia pronto a se declarar. Não seria mais feliz com um cara como ele? Alguém mais velho, mais seguro? Esperou para ouvir o conselho.

— Legal, Naldo.

— Acho que o Gui está se aproveitando.

— O Gui? Ele gosta de mim.

— Gostar, gosta. Mas gosta mais do bagulho. Ele está se aproveitando da grana que você ganha. Pensa, Dora... se ele gostasse de você como antes, acha que ia deixar você morando aqui, nesse cortiço?

— E você? Sempre diz que gosta de mim... mas foi quem me trouxe pra cá.

— Pensa que não me preocupo? Já briguei com o meu primo, pra ver se deixava você ir pro apartamento. Ele não topa. Diz que você é menor, pode dar rolo.

— Então me deixa em paz, Naldo. Não venha fazer fofoca do Gui, que eu não gosto.

— Abre os olhos, Dorinha. Não é só esse negócio de viver aqui. É ele nem se importar como você arruma dinheiro.

— Fica difícil contar pra ele.

— Sei lá... se eu fosse seu namorado, nunca ia deixar você ficar numa pior. E nem ia me aproveitar de você.

Trocaram um olhar. Por um momento, Dora imaginou que ia abraçá-la. Disfarçou. Quando Naldo partiu, as palavras martelavam em sua cabeça.

— Gui me ama, eu sei! É exagero do Naldo.

Ao mesmo tempo, a dúvida crescia. Gui se dependurava nela. Não havia dúvida. Dora já se acostumara a ir à favela. Era conhecida, respeitada pelos traficantes. Comprava sempre dos mesmos. Disfarçava, quando um deles insistia em transar. Nem queria pensar nessa possibilidade. As garotas que topavam nunca mais saíam dessa. Acabavam presas aos traficantes, como mulheres de um harém. Aos anônimos que encontrava na rua, não devia satisfação. Mas os traficantes acabavam tomando conta da vida da pessoa. Enquanto dissesse não, era capaz de sentir orgulho de si mesma. Tremia quando pensava no assunto. E se um dia fosse obrigada a ficar com um deles? Naquele barraco horrível? Depois se consolava. Impossível.

Estava ganhando o suficiente. Não havia por que ter medo. Só que a situação mudou com a volta de Gui. O consumo cresceu bastante. Nem sempre havia dinheiro. Dora começou a comprar a prazo. Dava um jeito de pagar a dívida. O traficante nunca negava. Mas avisou:

— Um dia você vai pagar do jeito que eu quero.

Cada vez que ia comprar, ele pressionava mais um pouco. Um dia saiu de lá trêmula. Gui a esperava na entrada da favela. Abraçou-o, fortemente.

— Que foi?

Contou tudo. Se esperava proteção, estava muito enganada.

— O que tem?

— O que tem o quê?

— Sair com ele.

Afastou-se, chocada. Não conseguia entender.

— Gui, ele é horrível.

— Deixe de frescura, Dora. Pensa que não sei o que você anda fazendo? Sai com ele de uma vez, pra facilitar.

De repente, a máscara de Gui caiu. Conseguiu vê-lo pela primeira vez. Teve um arrepio. O Gui de antes não existia mais. O rapaz gentil, delicado, que conhecera na festa de Emília fazia tanto tempo, morrera. Em seu lugar surgira um sujeito interesseiro, sem escrúpulos. Capaz de qualquer coisa para conseguir as pedras mágicas.

— Gui, não acredito que você disse uma coisa dessas.

Ele sacudiu os ombros.

— Sei lá. Você mudou muito, Dora.

— E você, Gui?

Chorou. Antes, amavam um ao outro. Agora, tudo que os unia eram as pedras. Com dor, lembrou-se de Elias. Ele, sim, a amara. Naldo estava certo. Gui se aproveitava.

— Gui... acho melhor a gente dar um tempo.

Discutiram. Nem quis carona na moto. Caminhou chorando até o metrô.

— Eu não quero viver assim!

Chegou em casa, ficou um tempão diante do espelho. Estava horrível. Sentiu vontade de deixar tudo. Mudar de vida. Como? Lembrou-se do tempo em que ia à igreja, acreditava em Deus. Automaticamente, acendeu uma pedra. Fumou, sentada no velho colchão. Um rato passou no canto do quarto. Nem ligou. Antes morria de medo. Nojo. Agora, estava acostumada. Como também se acostumara com a falta de luz. Havia alguns meses, tinham descoberto a gambiarra. Acabara a energia elétrica.

Ouviu a sirene, nem ligou. Era comum o barulho das viaturas. Costumava brincar que eram os policiais com pressa de chegar em casa. Ligavam a sirene só para escapar do trânsito, dizia. A luz vermelha entrou pela janela. Refletiu-se na parede, num movimento de vaivém. Chapada, observou a claridade, curiosa. Repentinamente, veio o barulho. Passos pesados. Gritos. Levantou-se, tonta. Não havia tempo de pegar nada. Os policiais subiam a escada rapidamente. Correu para a janela sem vidros. Empurrou a persiana estragada. Havia um telhadinho logo abaixo. Pularia de lá para o quintal. Era só passar pelo buraco do muro do vizinho para estar salva! A lanterna delineou seu vulto na escuridão.

Quando ia saltar, agarraram suas pernas, com força. Alguém torceu seu braço direito. Mordeu a mão de um homem, que revidou com um tapa. Sacudiu o corpo. Um outro botou a lanterna no seu rosto.

— Quieta.

Outro policial admirou-se.

— É novinha.

— Leva pro camburão.

Quis falar, foi empurrada escada abaixo. A viatura estava cheia. Os rapazes da casa desfiavam os palavrões mais pesados de que se tem notícia. Dora foi enfiada no fundo, mãos e pés algemados. Um policial assumiu o volante. Sirene ligada. O camburão voou para a delegacia.

12

Esperou horas num banco. Uma porção de pessoas aguardava a vez de dar depoimento. Sozinha, uma jovem com o rosto arrebentado chorava. Um bêbado tentava parecer sóbrio, mas não conseguia manter-se em pé. Dois adolescentes, algemados, esperavam sentados. O grupo a que pertencia Dora, da casa da Frei Caneca, xingava.

— Quem será que dedou a gente? — perguntava um dos rapazes.

A resposta não demorou muito. A porta da sala do delegado foi aberta. Um homem de terno e gravata, com jeito de advogado, saiu. Atrás dele, um senhor gordo, de rosto cansado. Em seguida, uma senhora bem-vestida, com colar de pérolas. Depois, uma jovem alta, também com joias. Vestido de seda suave como uma nuvem. Dora reconheceu o pai, a mãe e a irmã de Magda. A amiga caminhava ao lado da mãe. Rosto abaixado, desfeito em lágrimas.

— Foi você, desgraçada! Eu acabo com sua raça! — gritou um morador da casa.

— Magda! — surpreendeu-se Dora.

— Meu tio me viu na rua. Eu não tive culpa! — gritou Magda, apavorada.

O pai de Magda espetou o dedo em direção ao rapaz.

— É melhor calar a boca, menino. Ou ganha mais uma acusação.

Passou o olhar sobre todos, inclusive Dora, sem reconhecê-la.

— Ninguém se atreva a se aproximar da minha filha de novo.

— Magda, não me deixa aqui! — gritou Dora.

— Pai, a Dora não tem culpa.

A irmã deu um passo à frente.

— Sei muito bem que tipo de gente vocês são. Foram vocês que botaram a Magda nessa vida. Sumam da vida dela! É um aviso!

— Ninguém precisou fazer a cabeça da sua irmã, garota. Ela já veio de cabeça feita — gritou outro rapaz.

A família arrastou Magda. Ela olhou para Dora desesperada. Parecia fora de si. Dora também não conseguia entender. Estaria tão mudada assim, para nem ser reconhecida? Um policial aproximou-se. Chamou uma garota que morava na casa havia três semanas. Magda desapareceu pela porta de saída.

— Não posso contar com ninguém — pensou Dora.

Algumas horas depois, foi a sua vez. Passaram uma tinta preta, oleosa, em seus dedos. Tirou a impressão digital. Fez fotos. Quando se sentou em frente ao delegado, notou sua expressão de desgosto. Sabia que estava suja, despenteada. A camiseta rasgada.

— Seu nome.

Imaginou a mãe chegando. A vergonha. Mentiu.

— Regina Ferreira.

— Endereço da família.

Hesitou. Lembrou-se da casa onde vivia com os pais antes. Foi o que deu. Respondeu pergunta atrás de pergunta. Quantos anos tinha. Há quanto tempo vivia fora de casa. O delegado determinou:

— Vai para a UAI.

Como soube depois, tratava-se da Unidade de Atendimento Inicial da FEBEM, o órgão do governo que cuida dos menores infratores.

— Eu não fiz nada! — quis se defender.

Ninguém respondeu. Foi embora, levada pela viatura. Uma hora depois, era recebida pelo coordenador da unidade. Na recepção deixou todas as suas roupas. Até o brinquinho que certa vez ganhara do pai teve que tirar. Ganhou jeans, camiseta, calcinha, tênis. Tomou banho. Fazia quanto tempo que não sentia a água quente na pele! Saiu com os cabelos molhados. Recebeu uma cama. Na do lado, uma garota acordou, observou-a, com espanto.

— Como você chama?

— Dora. Mas eu disse que chamo Regina.

— Sueli.

Deitou-se, exausta. Apesar de o corpo doer de cansaço, não conseguia dormir. Sentia uma secura, sofreguidão. Contorcia-se na cama. Na manhã seguinte, todas as garotas foram acordadas bem cedo. Sentia a pele escaldar.

— É falta — diagnosticou a companheira de quarto.

Chamaram o coordenador. Esticava o corpo, tremia.

— Você pode ficar deitada. O quarto, eu tranco por fora.

Passou o dia assim, tremendo. A boca seca parecia rachar. Mais tarde, conseguiu se levantar para o almoço. Refeição simples: picadinho, arroz, salada. Notou a colher de plástico. Evitavam os talheres de metal porque muitas garotas roubavam para fazer armas. Comer, impossível. Bastou botar uma colherada no estômago para sentir ânsia de vômito.

Algumas meninas arrumavam-se, cuidadosamente. Iam para a aula de canto.

— Os garotos também estão no coral. É o máximo! — disse uma delas, entusiasmada.

Enjoada, Dora nem conseguia falar. Uma psicóloga a chamou para conversar. Queria saber sua história. Contou apenas algumas partes. A moça foi gentil.

— Regina.

— Ahn?

— Aqui na ficha diz que você chama Regina.

— É.

— Seu nome é esse, de verdade?

— É sim.

A moça suspirou. Percebia a mentira.

— Vou ser franca com você. Já vi muita menina na sua situação. Estou aqui para ajudar. Mas tem uma coisa. Eu não posso fazer nada se você não quiser. Quem ajuda a gente é a gente mesma.

Ouvia, mas era impossível se concentrar. O zumbido na cabeça aumentava. O olho tremia. Nem responder conseguiu. Pouco depois, na sala de televisão, encontrou a garota com quem dividia o dormitório.

— Como foi?

— Eu não estou legal.

— É assim mesmo. Eu pensei que ia ficar maluca quando vim pra cá, faz vinte dias.

— Vinte?

— A gente fica aqui até 45 dias. Depois, mandam para outras unidades. Depende do caso. A minha família tem vindo me ver. Mas vai ser difícil sair. Fui pega com uma carga pesada.

A nova amiga explicou que morava num bairro muito pobre. Começou a sair todo fim de semana. Ia dançar num salão das imediações. Fez amigos rapidamente. A droga entrou em sua vida com a mesma velocidade.

— Eu trabalhava num salão de beleza. Manicure. Pegava pesado para ganhar uma mixaria. Comecei a passar pacotinho. Não era bem traficante. Mais laranja. É assim que chamam a gente que fica no meio, de laranja. Ou avião. Ficava ajudando, entregando. Tirava uma grana e ainda sobrava pra cheirar.

— O que aconteceu?

— Fui pega numa batida. Pra dizer a verdade, nem fiquei assim tão chateada. Agora vejo que só dava cabeçada. O ruim é ficar longe do meu filho.

Surpresa, Dora olhou a outra. Devia ter uns dezesseis anos, no máximo.

— Filho?

— Está com seis meses. Minha mãe cria. Você não tem nenhum?

Sem fôlego, Dora percebeu que poderia ter tido, sim. Havia meses não tomava cuidado. Lembrou-se do pacote de camisinhas dado pela mãe tanto tempo antes. Que bobagem não ter usado! Arrepiou-se: o que faria com um bebê de colo? Pensou nas doenças horríveis que poderia ter pego. Quando saísse dali, queria fazer um exame geral.

Agora, não conseguia mais pensar. A cabeça cheia de pontadas.

Mergulhou na escuridão. Foi levada para a cama. Acordou de madrugada. Elétrica, novamente. Tremendo. Com um desespero danado. Vontade de morrer. De manhã, preparou-se para um novo dia de horror.

— Eu vou morrer se continuar assim. Preciso de alguma coisa.

— Isso passa — avisou o coordenador.

Ao meio-dia, chegou um camburão, seguido por um carro verde. Os policiais mandaram chamá-la. Entrou na sala, apavorada. A mãe, acompanhada por um homem moreno, de cabelo encaracolado, a esperava, de pé.

— Dora!

Tremia, sem conseguir se mexer. Cleusa correu abraçá-la. Mas no último instante parou à sua frente, hesitando em dar carinho. Dora parecia uma desconhecida.

— Está tão magra!

— Mãe!

Chorou.

— Por que fugiu, Dora?

Ficou parada, sem resposta.

— Você vem pra casa. Conosco.

Encarou o acompanhante da mãe.

— Quem é?

Cleusa hesitou.

— É... é o Paulo, Dora. Advogado da imobiliária. Veio comigo, para ajudar em alguma coisa. E... bem, é melhor você saber logo. Estamos juntos.

— Juntos?

— Muita coisa aconteceu, querida. Em casa, você vai ficar sabendo de tudo.

Voltaram à delegacia. Os policiais haviam suspeitado de que seu nome era falso desde o início. Procuraram nos arquivos. Sua descrição era parecida com a de muitas desaparecidas. Alguém teve a ideia de ir até o endereço que ela dera. O novo inquilino da casa chamou os vizinhos. A partir daí, foi fácil. Localizaram Cleusa.

— Que marcada! — pensou Dora. — Dar logo o endereço antigo!

Teve uma audiência com o juiz. Severo, o homem lembrou:

— Não consta nenhuma acusação grave contra você. Não há razão para ficar detida. Mas quero dizer uma coisa. Já vi outras garotas iguais. Algumas começam assim. De um dia para o outro, acabam envolvidas em alguma história horrível. Cometem crimes. A sua família se comprometeu a ajudar na recuperação. Aproveite a oportunidade.

Achou o juiz chato. Quase bocejou.

Ao chegarem em casa, André ficou parado na sala. Estava com uma expressão estranha, como se tivesse nojo dela. Cleusa sugeriu:

— André, abrace sua irmã.

O irmão abraçou, sem vontade. Ela também estendeu os braços em torno dele, sem apertar. Estava tão cansada! Sentiu o cheiro de limpeza do irmão. Admirou-se. Há muito tempo seus amigos não cheiravam assim! Tremia. A mãe não parecia ver. Queria despejar as novidades.

— O seu pai veio aqui... ficou desesperado por causa do seu sumiço. Aproveitamos para resolver nossa situação. Estamos divorciados, agora. Ele se casou novamente. E eu... eu e o Paulo... ele se mudou para cá o mês passado, Dora.

Ficou quieta, com raiva. Como a mãe podia esquecer o pai tão depressa? E ele, abandonar a todos? Observou Paulo. Era muito menos elegante que seu pai. Vestia um terno apertado, sem charme algum. Cleusa continuava, decidida:

— Nunca perdi as esperanças de achar você. Enquanto nós procurávamos, eu me informei. Sei que é difícil largar as drogas. Você quer largar, não quer?

Fitou a mãe em silêncio. Esta continuou, nervosa.

— Já liguei para uma clínica, antes de sair para a delegacia.

— Você vai me internar?

— É preciso, Dora. Entenda... eu faço isso por amor. Todos nós. É uma clínica cara. Seu avô vendeu uma casinha de aluguel, lá em Minas. Para custear seu tratamento.

— A casa, ele vendeu?

— Nós não tínhamos de onde tirar dinheiro.

Emocionou-se. Teve vontade de chorar de novo. Sentiu-se como se fosse um monte de lixo. A casinha era a única reserva que o avô tinha para a velhice.

— Não preciso de clínica.

— É melhor, Dora. Veja como está tremendo. Suando.

O rosto queimava. Gostaria de poder explicar. Bastava fumar umas pedras e ficaria bem. Poderia ir parando aos poucos.

— Você nunca vai entender, mãe.

— Tento fazer o que é melhor. Você vai para a clínica. Hoje mesmo.

Ficou calada, com raiva. Se pudesse, fugia de novo. Mas estava exausta. Partiram no finalzinho da tarde. Roupas, nem tinha mais. Só as que ficaram no apartamento, quando fugiu. A maior parte estava curta e larga. A calça dançava na cintura. Os trajes com que fora encontrada haviam sido devolvidos. Cleusa os jogara no lixo.

— Você se vestia com esses trapos?

Na clínica, foi recebida por um médico jovem. Ele examinou seu olho. Mandou respirar fundo. Auscultou o coração.

— Desnutrição profunda. Amanhã cedo faremos exames de sangue.

Não resistiu:

— Doutor, não aguento mais. O corpo todo dói.

— Eu sei. Você vai ser medicada. A sensação ruim passa logo.

Foi levada para um quarto. Recebeu soro. Comprimidos. Adormeceu. E assim começou seu tratamento.

Odiou cada minuto. Sentia-se numa prisão.

— Eu seria capaz de largar por mim mesma se me deixassem em paz!

Acabou entrando na rotina da clínica. Havia sessões com os terapeutas. Aulas de pintura. Dança. Ginástica. Remédios, embora não soubesse bem o que estava tomando. Teve uma boa notícia dias depois. Segundo os exames de sangue, não havia sido contagiada por nenhuma doença terrível.

— Teve sorte — disse um rapaz de dezoito anos, que também se tratava na clínica.

Chamava-se Edmundo. Era a terceira vez que se internava.

— Você também teve sorte? — perguntou Dora.

Edmundo abanou a cabeça.

— Usei muita seringa. Na hora do lance, a gente fica tão louco que aproveita a seringa de qualquer um. Peguei o vírus, nem sei quando. Ainda não se manifestou. Mas o médico diz que se eu me meter com a coca de novo meu corpo vai se enfraquecer.

— Não dá pra parar?

— Eu tento, mas não consigo. Aqui na clínica, eu penso que larguei de vez. É só voltar para casa, entro no bagulho de novo.

Dora sorriu, superior.

— Eu não. Sempre me controlei. Uso só quando quero.

Edmundo gargalhou.

— Deixa de besteira. Chegou aqui mais magra que um palito.

Ofendeu-se.

— Você não entende. Ninguém entende.

Apesar de brava, acabou contando toda sua história para o novo amigo. Foram, aos poucos, fortalecendo os laços.

— É uma sorte ter conhecido você, Ed. Aqui só dá pra conversar com você — dizia.

Com os terapeutas, fechava-se. Um psicólogo explicava.

— Sair do vício é como subir uma escada, um degrau de cada vez. O primeiro é reconhecer que você é doente.

— Eu não sou doente! — revoltava-se.

— Usar drogas é, sim, uma doença. Como doente, você deve tomar precauções. Não pode experimentar, nunca. Basta experimentar uma vez, novamente, para a vontade voltar mais forte.

Odiava a conversa. Ele continuou explicando.

— Você deve pensar dia a dia. Cada dia deve ser uma vitória. Quando for se deitar, pense. Hoje, eu fiquei limpa. São 24 horas. Amanhã serão 48. Vá contando. Quando tiver um mês, diga para si mesma: Agora, estou limpa há um mês. E assim por diante, até que os meses se transformam em anos. A vitória é sempre dia a dia.

Remexeu-se na cadeira. Era um tédio ouvir tudo aquilo. O rapaz fez uma ressalva:

— Só quero dizer mais uma coisa, Dora. Tudo depende de você. Se eu fosse mágico, era outra coisa. Mas não sou. Não adianta eu querer que você se afaste das drogas. Quem precisa querer é você.

De noite, no quarto, lembrava do passado. De Gui. De Elias. De Naldo. Tinha saudades. E Magda, estaria numa clínica como ela? Sentia-se tremendamente só. A raiva era tão forte que provocava mais tremores do que a falta de droga.

— Odeio todo mundo!

Dava até vontade de chorar, tanta era a pena que sentia de si mesma. Aos poucos foi resolvendo sair da droga. Queria ser livre de novo. Sem depender de traficantes, de homens que encontrava na escuridão. Sem ter medo da polícia, ou vergonha ao encontrar a mãe. Sem ver o nojo nos olhos do irmão. Sim, seria livre!

— Vou ficar limpa. Nunca mais ninguém bota a mão em mim!

13

Saiu da clínica oito quilos mais gorda. Cabelos cortados, penteados, parecia outra. Não sentia falta de fumar ou cheirar. Tinha saudades de Edmundo, que se tornara um grande amigo. O rapaz saíra havia um mês. Cleusa, que a visitara sempre, comprara roupas novas, do seu tamanho. Achou horríveis, mas agradeceu. Na sala do apartamento havia bolo e refrigerante. De amiga, só Emília.

— Ainda bem que você saiu dessa! — felicitou-a Emília.

Estava acompanhada de um rapaz alto, bonitão.

— É o meu novo namorado. Entrou em arquitetura este ano. A gente está junto.

Sentiu uma pontada de inveja. Por que a vida de todo mundo parecia tomar um rumo e a dela não? Emília estava trabalhando numa videolocadora do bairro. Contou que várias colegas de classe também haviam arrumado trabalho. Outras deixaram a escola.

— A Márcia foi obrigada a se empregar de doméstica.

Lembrava-se da Márcia, bem pobrezinha. Teve dó. Doméstica?

— Mas entrou no turno da noite, é muito esforçada — continuou Emília.

Falou também de Tigre. Também estudava à noite agora. A oficina do pai ocupava todo o tempo.

— Está mais crescido, com cara de homem. E quanto mais velho, mais bonito, o demônio! — riu Emília. — Outro dia perguntou de você.

Mas não era de Tigre que queria saber. Quando encontrou um pretexto para ficarem a sós, quis saber de Gui. Apesar da briga que haviam tido, sentia saudades. Emília se entristeceu.

— Sumiu.

— O quê?

— O meu tio e ele brigaram pra valer. Um dia ele apareceu sem moto. Com uma história furadíssima de que tinham roubado. Vai daqui, vai dali, descobriram. Tinha torrado em droga. Quando o meu tio apertou, ele quebrou tudo que tinha na sala. Mesa, cadeiras. Alucinado. Meu tio largou mão. Botou o Gui pra fora de casa.

— Não acredito.

— Ele parecia um bicho, Dora! Foi horrível. O bairro todo assistiu. Aí, no outro dia, minha tia teve uma crise. Implorou pra trazerem o filho de volta. Meu primo, o irmão dele, bateu a cidade toda atrás do Gui. Acabou achando. O Gui já é maior de dezoito anos. Disse que não voltava.

— Não voltou? E foi viver do quê?

— Está morando num cortiço, com uma mulher bem mais velha. O irmão diz que a tal mulher tem jeito de ser da pesada. Acha que ela e o Gui são traficantes.

Arrepiou-se. Devia ser verdade.

— Emília, prometo que vou procurar o Gui. Falar com ele.

A amiga a observou, surpresa.

— Dora, ficou maluca? Você nem saiu dessa e já quer voltar?

— Só disse que...

— Saquei o que você disse. Mas pense bem... se for atrás do Gui, vai acabar usando tudo de novo. É hora de cuidar de você, Dora.

Irritou-se. Emília era uma chata. Não entendia nada. Ela, Dora, sabia se cuidar. Notou que o irmão saíra da sala no meio da conversa. Quando a amiga foi embora, foi procurar André. Estava compenetrado, brincando no computador. Ela nem sabia que ele tinha computador.

— Você não quer falar comigo, André?

O irmão deu de ombros.

— Você já encheu demais, Dora. A mãe quase enlouqueceu por sua causa e, mal chegou, você já quer saber do Gui.

— Também não precisa brigar comigo.

— Acha que é fácil ficar na escola ouvindo falar de você? Eu sei de muita coisa que a mãe não sabe.

— Sabe do quê?

— Que você andou até fazendo programa. É o que falam por aí. Parece que o Gui bateu para uns amigos, e acabou chegando pra mim.

— O Gui não tinha que ter falado nada. Ele bem que se aproveitou. E você não tem o direito de se meter na minha vida.

— Quer saber, Dora? Você só dá dor de cabeça. Deixa eu brincar na net.

Era horrível ver o irmão falar assim.

— Chato. Você sempre foi um chato, André. Eu fico sumida um tempão e você prefere falar com o computador. Aliás, nem sabia que você tinha.

— O Paulo, o novo marido da mamãe, me deu.

— Eu não gostei do jeito dele.

— Dora, vê se me deixa. Você continua a mesma, sempre cheia disso, cheia daquilo. Você viu a cara com que chegou, quando foi presa? Parecia um espantalho. Francamente! Mil vezes o Paulo do que você.

Saiu do quarto, irritada. Talvez devesse mesmo procurar pelo Gui, refletiu. Não houve tempo para tentar encontrar amigo nenhum. Na manhã seguinte, Cleusa arrumou a mala.

— Você vai visitar seu pai.

Assustou-se. E a escola?

— Seu pai já mandou a passagem. O voo sai hoje à tarde.

Imediatamente, tirou suas conclusões.

— Você quer se ver livre de mim. Quer ficar sozinha com o Paulo.

— Como você pode ser tão injusta, Dora? Sofri o diabo quando você sumiu. Passava o dia todo pensando onde foi que eu errei. Quase perdi o emprego, de tanto desespero. Por sorte, foram compreensivos. Se não fosse o apoio do Paulo, nem sei o que teria sido de mim.

— Ele não me suporta. Mal fala comigo.

— É timidez. Não sabe como se comportar perto de você. Você é uma estranha para ele, Dora. E ele, para você. Mas com o tempo vão se dar bem.

Magoada, não conseguia ouvir mais nada. Cleusa continuava.

— Só achamos que é melhor ficar longe dos antigos amigos por um tempo. Para a recuperação ser definitiva.

Embarcou como o previsto. Ao chegar, o pai a esperava no aeroporto. Quase não o reconheceu. Estava moreno, queimado de sol. Magro, muito diferente do executivo gordo como um pãozinho francês de algum tempo atrás.

— Dora!

— Pai, você está um gato!

Beijaram-se. Ele apresentou uma jovem de cabelos negros compridos. Jeito de índia. Grávida.

— É a Guta. Minha nova mulher.

Foi um susto. Que o pai casara novamente, já sabia. Mas... ia ganhar um irmãozinho? Muda, entrou no carro. Sentiu-se, novamente, excluída. Ninguém se importava realmente com ela. Cada um vivia sua vida. O pai, animado:

— Fiquei louco querendo saber o que tinha acontecido com você. Briguei com sua mãe. Quase larguei o emprego.

Notou o olhar de Guta examinando seu rosto. O calor era sufocante. Uma crosta de suor sobre a pele. O pai parou dian-

te de uma casa velha, sem pintura. Havia uma varanda com duas redes velhas. Achou horrível.

— Esta era a casa dos pais de Guta. Mudaram para um sítio. Quando vêm a Belém, ficam aqui.

Sala ampla. Móveis confortáveis, mas gastos. Vários quartos. Guta mostrou um.

— A janela do seu quarto dá para a mangueira. Viu que bom? — contou, sorridente.

Nem respondeu. Acaso se importava com mangueiras? Tentou sorrir quando a madrasta mostrou o quintal, repleto de árvores. Sentiu o esforço de Guta querendo ser simpática. Desconfiou. Parecia forçado. O pai também falava das vantagens do lugar.

— É só se acostumar com o calor. Aqui é muito úmido e abafado. Mas a cidade é linda. Se você quiser, pode ficar morando aqui para sempre. Estudar.

Notou o olhar de Guta cruzando com o do pai. Chegou à conclusão de que a madrasta não gostava dela. Ao mesmo tempo, se perguntava:

— Como meu pai pôde casar com uma índia?

Recordou-se da época em que estudava no colégio de ricos. O que diriam suas antigas colegas vendo aquela mulher de olhos rasgados? Sentiu revolta, muita revolta.

Sentados na cozinha, após o jantar, conversaram. Soube que a avó de Guta era índia mesmo, capturada na selva.

— Veio para a cidade amarrada de mãos e pés, como um bicho — contou a moça, com orgulho.

A mãe de Guta ainda sabia fazer chás de erva para tratar qualquer doença. Dora quase abriu a boca para dizer que esses chás deviam provocar a maior viagem. No final da refeição, Guta se levantou para lavar os pratos.

— Ajude um pouco, Dora — pediu o pai.

Tinha vindo trabalhar de doméstica? Não disse nada. Foi para a pia.

Queria dormir até tarde, mas o pai a acordou cedo. Era fim de semana. Passearam pela cidade. Conheceu o Mercado Ver-o-Peso. Divertiu-se com as barracas estranhas, que vendiam pós misteriosos. Folhagens. Ossos. Caveiras de bichos. Amuletos. Comeu tacacá, um prato típico de Belém. É vendido nas ruas.

Parece uma gosma branca com camarão seco. Adorou. Mais tarde, receberam a visita de uns amigos da empresa. Um dos chefes, americano, tinha gêmeas. Ruivas como espigas de milho, com doze anos. Barulhentas. Teve dor de cabeça. Refugiou-se no quarto. Ouviu as risadas durante horas.

A má impressão acentuou-se na semana seguinte. Logo descobriu que a madrasta seguia uma rotina rígida de limpeza da casa. E que esperava a ajuda dela, Dora. Acordava cedo. Punha a mesa do café, mas deixava a louça para a enteada. Depois limpavam a casa, varriam o quintal. O almoço era leve. Preparavam juntas o jantar. Sem saber cozinhar, Dora ficava como ajudante. Descascava batatas. Batia bifes. Guta falava sem parar, contando histórias da vida e da floresta.

Já ouvira mil vezes sobre o encontro e o namoro de Guta com o pai. Joel estava fazendo um contrato no escritório onde ela, Guta, trabalhava como secretária. De tanto esperar na sala, acabaram batendo papo. Da conversa, veio o convite para o encontro. Começou o namoro, que logo acabou em casamento. Para Dora, parecia que Guta tentava se desculpar. Justificar o romance com Joel. Era inútil. Dora tinha opinião formada.

— Foi assim que ela roubou meu pai da minha mãe — revoltava-se.

Por mais que Guta tentasse se aproximar, Dora criara uma muralha. Respondia por monossílabos. Era até rude. A madrasta passou a falar menos. Trabalhavam na cozinha, em silêncio. Uma noite, quando se levantou para ir ao banheiro, ouviu a conversa do casal.

— Ela não gosta de mim — dizia Guta. — É fechada. Fica num silêncio insuportável.

— Meu bem, você precisa ter paciência — dizia o pai.

— Eu sei. Mas antes, quando estávamos só nós dois, era tão bom!

No banheiro, Dora chorava. Só queria ficar em paz. A conversa de Guta a atordoava. Além disso, era obrigada a limpar aquela casa enorme! E quando Guta tivesse o bebê?

— Vai querer que eu lave as fraldas sujas de cocô!

Quando a madrasta pediu que varresse as folhas, no dia seguinte, recusou-se.

— Não sou sua escrava.

— Que foi, Dora? Aqui todos nós trabalhamos. Até seu pai ajuda na casa. E tem mandado uma parte do salário para sua mãe. Não temos dinheiro para botar empregada.

— Foi por isso que me chamaram, não foi? Quando meu irmãozinho nascer, vou ficar com todo o serviço.

— Não seja injusta. A minha mãe vai ficar comigo três meses. Sabe o que eu acho, Dora? Você é mal-educada, mimada. Trabalho desde pequena, meu pai nunca teve muitas posses. Olhe para minhas mãos.

Guta mostrou as palmas, com calos.

— Quando eu era pequena entrava no mato com meu pai. Só mais tarde conseguimos melhorar de vida, construir esta casa. Gosto de ser útil. Você não. Varre a casa como se estivesse sendo torturada. Se meteu com drogas. Deixou seu pai de cabelos brancos antes do tempo. É preguiçosa. Chata. Se considera superior a tudo. É uma tonta. Se ficasse perdida no mato, como eu já fiquei, morria no mesmo dia.

— Não fale assim comigo. Você não é minha mãe.

— Falo o que quiser, e você vai ouvir. Pena que eu não seja sua mãe. Não ia deixar você ficar atormentando todo mundo, como faz.

— Você não tem nada a ver com a minha vida! Vou embora daqui!

— Vá, se quiser. Quando seu pai disse que viria, fiquei contente. Passo o dia todo sozinha. Seria alguém para conversar. Estava disposta a ajudar, a ser sua amiga. Mas você foi uma decepção!

Ao chegar, o pai encontrou a mulher na cozinha, nervosa. Contou o que acontecera. Dora trancara-se no quarto, emburrada.

— Faça as pazes com a Guta, Dora.

— Ela me ofendeu.

— Já sei tudo que aconteceu. Vocês são parentes. Devem se dar bem.

— De uma índia, eu não esperava outra coisa. Parece uma canibal. Ainda bem que não me botou no caldeirão para assar.

Guta ouviu da cozinha. Entrou no quarto, magoada.

— Agora você me ofendeu, Dora. Tenho muito orgulho de ter sangue índio. É tão bom quanto de branco, preto ou qualquer outro. Quer saber? Hoje em dia, o certo não é falar em índio. Mas em povo da floresta. Você tem preconceito, cabeça ruim!

Joel quis botar panos quentes:

— Gosto muito de você, minha filha. Mas...

— Já sei o que vai dizer, pai. É com ela que você casou. Já fiz minha mala.

A madrasta mudou de atitude. Parecia arrependida.

— Dora, você é muito nova. Talvez não tenha consciência de tudo que está dizendo. Eu... eu... quer dizer, nós. Nós vamos fingir que nada disso aconteceu. Não gosto de ver seu pai chateado. Vamos começar de novo. Ser amigas.

— Vou embora, nem que seja a pé.

Chegou a São Paulo um dia depois. Não aceitou voltar de ônibus. Seriam três dias na estrada. Forçou o pai a comprar o bilhete de avião. Joel só pôde pagar parcelado em três vezes. Despedira-se friamente. A mãe a esperava no aeroporto, com o novo marido. Abraçou-a.

— Fiquei preocupada! Por que voltou tão depressa?

— A Guta me odeia!

Chorou, emocionada.

No apartamento, também não se sentia bem. O irmão continuava do mesmo jeito. Sempre metido no quarto, com o computador. Sozinha em casa o dia todo, morria de tédio. Queria voltar à escola, mas era preciso esperar o fim do semestre e o reinício das aulas. Meses! De noite, incomodava-se ao ver Cleusa e Paulo em clima de lua de mel. Parecia absurdo que a mãe ficasse de beijinhos naquela idade. Ainda por cima, com um estranho. Mesmo que o estranho fosse seu novo marido. A timidez de Paulo também a irritava. Falava baixo. Mal se dirigia a ela. Só fazia perguntas comuns. Notou que, com André, conversava mais. Batia papo. Falavam sobre os times de futebol. Com ela, mal se expressava:

— Tudo bem?

— Tudo bem — respondia.

Chegou à conclusão de que Paulo também não gostava dela.

Queria sair, mas não tinha um centavo. Cleusa não fornecia sequer o dinheiro para condução, por medida de segurança.

— A mãe nem imagina como é fácil conseguir grana — pensava.

Mas não tinha vontade de sair com homens novamente. Quando lembrava, até suspirar de alívio, suspirava. Fora uma sorte não ter pego doença nenhuma. Ou ficado grávida de um desconhecido. De tarde, passeava pelas ruas do bairro. Cruzou com Tigre, uma vez. Ele parou, surpreso.

— Dora?

Era um gato, sem dúvida. Mais forte, de camiseta e jeans. O rosto marcado, com os traços mais adultos. Ela sorriu. Era bom encontrar alguém do passado.

— Tigre.

— Você está mais bonita.

Agradeceu, vaidosa. Era incrível. O tempo passava, e Tigre continuava com aquela queda por ela.

— Soube que está limpa.

— Nunca mais fumei, nem baseado — contou Dora.

— Legal. Quem sabe a gente pode se ver uma hora dessas. Ir a um barzinho.

Safou-se depressa.

— Minha mãe não deixa, por enquanto. Virei prisioneira.

Sorriu, compreensivo. Ela voltou para o apartamento, animada. Era bom flertar. Mas não queria nada com o rapaz. Achava Tigre muito atraente. O problema era outro:

— Apesar da tatuagem, do cabelão, ele é muito certinho. Vai querer me dar lição de moral.

Tinha ataques de irritação. Era horrível viver assim, sem liberdade. Como uma criminosa. Se pretendia sair, Cleusa sempre dava um jeito de dificultar. Ou acabava indo junto.

— Cinema, querida? Sabe que o Paulo está louco para ver esse filme?

Arrastava o marido.

— Ainda por cima, fico segurando vela — lamentava-se Dora.

A mãe devia pensar que ela, Dora, era mesmo muito burra. Incapaz de perceber seus estratagemas. Depois de algumas semanas, decidiu romper as amarras. Foi ao telefone público. Ligou para Edmundo, o amigo da clínica.

— Vamos nos ver, Dora! Por que não ligou antes?

— Fui pra Belém.

Combinaram o encontro. Ele foi buscá-la, pois ela não tinha nem como pegar ônibus. Duas horas depois, entrava no apartamento onde Edmundo vivia com a família.

Ed não era rico, como tinha imaginado. Morava em um bairro de classe média, em um sobrado geminado dos dois lados. Por dentro, a casa era ampla, mas não luxuosa. Tinha três quartos, sendo um de hóspedes.

— Meus pais não têm problemas de grana — contou ele.

Até ser internado pela primeira vez, Ed trabalhava fora. Pagava a faculdade. Os pais tinham desfalcado a poupança para pagar os tratamentos.

— Eles estavam guardando para comprar um apartamento na praia. Quase tudo foi embora.

questions
pelo

Mesmo assim, não recusavam dinheiro ao filho. Principalmente depois de saberem que ele tinha o vírus. Preferiam economizar em outras coisas. Nada faltava a Ed.

— Eu me sinto mal, não merecem o que faço com eles — comentou, com remorso.

— E sua saúde, tudo bem?

— Sei lá... volta e meia, acho que vou morrer. Logo.

Lacrimejou. Gostava tanto dele! Abraçaram-se.

— Eu torço por você.

— E eu por você, Dora.

Edmundo abriu uma gavetinha. Tirou um pacotinho.

— Topa dar uma cheiradinha?

Foi um impacto. O coração saltou. Sabia que devia recusar. Lembrou-se do terapeuta dizendo que cada dia era um dia. Cada recusa, uma vitória. Entretanto... que mal faria uma cheiradinha? Percebeu que bem no íntimo fora por isso que procurara Edmundo. Não havia perigo. Não tinha droga em seu próprio apartamento. Nunca mais cairia numa pior.

— Só pra melhorar o astral.

A sensação voltou, ofuscante.

Mal terminou, preparou outra carreira.

14

Voltou ao *crack* em uma semana. Tudo aconteceu tão rapidamente que Dora nem se sentiu dona do próprio destino. Resolveu visitar Naldo, acompanhada por Edmundo. Quando saíram para o apartamento dos rapazes, pensava em fazer apenas uma visita de cortesia. Até ela acreditava nesse pretexto. Ao entrar, espantou-se com a magreza de Naldo. Parecia um cabide. Um amigo e a namorada estavam na sala. O rapaz estava caído em um colchonete, aparentemente adormecido. A moça, de cócoras, cabeça abaixada, balançava para cima e para baixo. Naldo parecia deprimido.

— É a heroína. Ficam assim durante horas, fora do mundo. Ela já havia experimentado em Amsterdã e botou meu amigo nesse negócio. Até a faculdade, ele já abandonou.

Dora reparou no tom de pele amarelado da moça.

— Só fazem se picar agora — explicou Naldo. — Quando acaba o efeito, não conseguem ficar nem um dia sem. Dá uma tremedeira danada. Parece que o corpo dói que é uma loucura. Soube de um sujeito que quis largar. Ficou trancado num quarto três dias e voltou. Quase enlouqueceu de tanto sofrimento.

— Cadê o seu primo?

— Voltou pro interior.

Segundo Naldo, o primo fora jurado de morte pelos traficantes. Muitas dívidas. O jeito foi confessar tudo aos pais. Fugir.

— Só me safei porque ele garantiu pra família que não curto droga.

O primo estava vivendo na fazenda, alguns quilos mais gordo. Arrumara uma namorada no interior.

— Outro dia falei com ele por telefone. Diz que não quer outra vida. Só cuidar de vaca, de cavalo, plantação. Ainda por cima, quis me dar conselho. Disse pra eu largar tudo também. Agora sim, ele pirou de vez! — riu Naldo.

Puxou o pacotinho de *crack*, ofereceu.

— Quer, Dora, para matar as saudades?

Hesitou só um instante. Percebeu que estava louca para aceitar. Dali a pouco estava fumando. Para Edmundo, acostumado com pico, foi uma novidade.

Continuou fumando nas semanas seguintes. Graças ao novo amigo, dinheiro não era problema. Edmundo sempre dava um jeito de arrumar grana. Dora desconfiava que ele andava vendendo alguns objetos da casa, sem a mãe perceber. Mas não fez perguntas. Também voltou a encontrar Gui, através de Naldo. Cumprimentaram-se, como velhos amigos. A briga já fora esquecida. O amor dera lugar a uma nova emoção, um calorzinho no peito. Nada mais. Soube que ele e a nova namorada fabricavam *crack* em panelas. Revendiam. Apesar da alegria, Dora teve uma sensação desagradável. O antigo namorado parecia bem mais velho. Estranho, também. De repente, o olhar de Gui ficava vago. Não respondia coisa com coisa. Usava casaco de couro no calor. Os cabelos sujos.

— Voltei pro apartamento da minha mãe, Gui. Vi a Emília.

Ele revelou, desinteressado:

— Às vezes eu ligo pra minha mãe. Fico sabendo das novidades.

Mais tarde, Edmundo admirou-se.

— Esse carinha foi o maior amor da sua vida? Que gosto, Dora!

— Ele não era assim. Era um gato!

Surpreendeu-se. Gui não era assim quando se conheceram. Nem Naldo.

— Todo mundo foi ficando muito diferente, Ed. Acho que é o lance do *crack*. É preciso muita grana pra sustentar. A pessoa passa o tempo todo atrás de dinheiro. Antes, você não imagina como o Naldo era brincalhão. Agora fala com um jeito triste, amargurado.

— Também, com a vida que ele leva.

Assustou-se:

— Que vida?

— Você não sabe?

Edmundo conhecia Naldo de vista, antes de serem apresentados.

— É garoto de programa. Sai com todo tipo de gente. Mulher, homem.

Não queria acreditar. Refletindo melhor, aceitou. Devia ser verdade.

— Só pode ser! É assim que ele consegue a grana.

Sempre fora bonitão. Lembrou-se dos sumiços do amigo, que mais tarde aparecia esbanjando.

— Por que você ficou tão chocada, Dora? Você também fez, já me contou.

— Eu sei, é bobagem.

Dentro, doía muito. Agora entendia por que ele nunca dissera nada quando ela começara a fazer programas. Quantas vezes pensara em ficar com Naldo! Às vezes, quando o via, seu coração batia mais forte. Resolveu não pensar no assunto. Cada um era dono da própria vida.

Foi ficando cada vez mais próxima de Edmundo. O rapaz tinha fixação por ela, embora nunca tenha tentado dar sequer um beijo. Eram como irmãos. Viam-se todos os dias. Ed era generoso. Quando a deixava em casa, sempre a presenteava com umas pedras.

Certo dia, acordou com André batendo na porta.

— Deixaram um bilhete pra você.

Era dele. Abriu o envelope no quarto. Mais pedras. O aviso de que ia viajar uma semana com os pais. A amizade de Edmundo dava uma sensação de calor.

— Até na hora de viajar ele pensou em mim!

Indiretamente, o gesto do amigo precipitou uma briga familiar. Foi como se todos estivessem suspeitando de algo, mas não tivessem coragem de falar. Na tarde seguinte, sentou--se na cama, acendeu a pedra. Aspirava a fumaça, quando André entrou.

— Que susto!

André nem fez questão de disfarçar.

— Você não tem vergonha, Dora? O vô vendeu a única casa de aluguel que ele tinha, a mãe raspou a poupança pra pagar seu tratamento... e você tem o descaramento de fumar no quarto. Nem disfarça.

— Não sou mais viciada. Fumo só quando eu quero! — explicou Dora. — Quer experimentar?

André a encarava. Por um momento, acreditou que ele fosse aceitar.

— Mentira, Dora. Pensa que eu não percebo? Seu jeito de olhar... meio fora do mundo... o nervosismo... às vezes troca as palavras, muda de assunto sem mais nem menos. A mãe e o Paulo também acham que você está ficando esquisita. Você é viciada, sim! Daqui a pouco vai estar na rua, como antes.

— Para de se meter na minha vida.

— É só isso que você diz? Todo mundo arrancando os cabelos por sua causa... e você diz que isso é se meter na sua vida? Quer saber, Dora... antes eu fiquei quieto. Agora conto tudo pra mãe.

Apavorou-se.

— Não se atreva. Quebro sua cara.

— Pode ameaçar à vontade. Não me assusta. Eu não vou ficar calado enquanto você acaba com a vida da mãe, do Paulo, do pai.

— Eles que se danem! Ninguém gosta de mim!

— É pra gostar? Com você metida nessa porcaria?

Ouviu a porta de entrada se abrindo.

— Cale a boca! — gritou, escondendo a caixinha de fósforos com a pedra dentro.

A voz de Paulo veio da sala.

— Vocês estão gritando tanto que dá pra ouvir da escada.

Paulo entrou no quarto, que estava aberto. André, paralisado.

— É melhor dar uma segurada na briga. A Cleusa está chegando. Só parou um instante para falar com a vizinha do térreo. Sua mãe anda muito nervosa ultimamente. Outra hora eu converso com vocês pra saber por que estavam discutindo.

Foi a gota d'água. Até ele queria se intrometer?

— Você não tem nada com isso — disse Dora.

Paulo ainda quis evitar o confronto.

— Tudo bem, não quis forçar nada. Só achei...

— Ninguém perdeu pra achar.

André entrou na conversa.

— Dora, o Paulo não atacou ninguém. Não precisa ser grossa.

— Agora você é o puxa-saco, o queridinho da casa?

Cleusa apareceu na porta.

— Ouvi o barulho. Que foi, Paulo, que...

O irmão estourou:

— Peguei a Dora fumando *crack* no quarto. Disse que ia contar e contei. Pronto.

— Traidor!

Em choque, Cleusa nem conseguia falar direito. Lacrimejava.

— Fumando... aqui... Dora... como você pode, depois de tudo que...

— De tudo o quê, mamãe? Agora quer cobrar a conta pelo que fizeram?

— Não fale assim com sua mãe — respondeu Paulo.

— Pois falo, falo e falo. E você cale a boca. Não manda em mim — irritou-se Dora. — Que negócio é esse de falar em tudo que fizeram por mim? Não pedi pra fazerem nada! Se eu quiser ficar no *crack* até ficar dura e seca, o que vocês têm com isso?

— Você é minha filha! — assustou-se Cleusa.

— E daí que sou sua filha! E daí? Quando você veio pra esse bairro não perguntou se eu queria. Quando quis casar de novo, também não perguntou! Me botou naquela escola de pobre e nem quis saber se eu gostava!

— Nós perdemos tudo o que tínhamos! Você não pode nos acusar se...

— Ah, não posso?! Vocês nunca se importaram comigo. Não, de verdade! Deu chance e você e o pai já se arrumaram. Eu fiquei sem pai, sem mãe, sem casa!

— O Paulo é legal. E a Guta também — defendeu André. — Para de ser egoísta, Dora!

— Fica quieto, puxa-saco! Ninguém está nem aí pra mim. Nenhum de vocês!

Emocionada com as próprias palavras, Dora chorava. Cleusa ainda tentou acalmar os ânimos.

— Não é você que está falando. É a droga. Quando passar o efeito...

— Feche essa boca, que você nunca me entendeu! — gritou Dora.

Paulo perdeu a paciência.

— Não fale assim com a sua mãe. Será que você é um bicho, que não tem sentimentos? Agora é comigo! Cadê a droga!?

— Ela bota debaixo do colchão. Eu vi — avisou André.

— Vai tudo embora. Já! Você se cura, nem que seja à força! — rugiu Paulo.

Ergueu o colchão. Dora agarrou-se nos travesseiros, mas Paulo era mais forte e André ajudava. Cleusa soluçava, alto. Desequilibrada, Dora caiu no chão. Paulo agarrou o pacotinho, foi para o banheiro. Quando ia atirar no vaso, Dora agarrou uma tesourinha de unhas e pulou em cima dele. Enfiou as lâminas nas costas. As pedras rolaram pelo chão. Paulo gritou, mais de susto que de dor. A camisa empapada de sangue. Dora recolhia as pedras rapidamente.

— Você não manda em mim! Você não é nada meu — ameaçava Dora, ainda de tesourinha na mão.

Apoiada no batente, Cleusa estava pálida.

— Vá embora, Dora.

consegui
filho sair d
hoje pen
que erre

— O quê? Eu moro aqui!

— Não mora mais. Pegue sua trouxa e vá de uma vez.

— O apartamento é meu também. Foi meu pai quem comprou!

— Não suporto mais, Dora. Vá, antes que eu chame a polícia! Você está destruindo a mim... a ele... ao seu irmão... vá embora, vá para a vida que você escolheu.

Revoltou-se. De repente, parecia ver tudo claramente. Apontou Paulo.

— É ele, né? Quer ficar com ele sozinha. Pois eu vou. Também não suporto mais ver as fuças de vocês todos. Vou cuidar da minha vida.

Correu para a porta. Desceu as escadas correndo. Ouviu o grito de Cleusa.

— Dora! Espere! Espere!

Não parou. Na rua, continuou correndo desvairada, atravessando ruas, cortando caminhos. Criando desvios, para não ser seguida. Só parou quando estava exausta. Era de noitinha. Esperou a respiração voltar ao normal. Saíra com a roupa do corpo, sem um centavo. Nas mãos, apenas as pedrinhas dadas por Edmundo.

— Que importa, estou livre!

Em breve, acreditava, tudo estaria resolvido. O amigo emprestaria algum dinheiro. Estava viajando, é verdade. Naldo a abrigaria, por uns dias. O primo não morava mais lá, não havia problema. Foi ao ponto de ônibus mais próximo. Escolheu um senhor de jornal debaixo do braço. Aproximou-se.

— Eu perdi minha carteira. O senhor me arruma para a condução?

O homem olhou, desconfiado.

— Só para a condução, por favor. Minha mãe já deve estar preocupada.

Ele pegou uns trocados do bolso. Ela agradeceu. Quando desceu no centro da cidade, caminhou algumas quadras até o apartamento de Naldo. Sentia um pouco de fome. Ainda bem que tinha pedras. Poderia fumar uma, assim que chegasse. Entrou. Foi barrada pelo porteiro.

— Vou no Naldo. Você já me conhece, venho sempre aqui.

O porteiro a observou, surpreso.

— Não sabe?

Veio um calafrio.

— Do quê?

— O Naldo teve um ataque do coração, antes de ontem. Quer dizer, falam que foi do coração. Mas aqui no prédio comentam que foi droga.

Quase teve um ataque de choro.

— Ele morreu?

— Só sei que foi pro hospital. Ontem o pai e a mãe vieram arrumar tudo. A mãe chorava sem parar. Pelo que falaram, não sei se sai dessa não.

Perguntou sobre o hospital. O porteiro não sabia qual era.

— Passa outro dia. Quem sabe eu fico sabendo de alguma coisa.

Parecia impossível.

— Sei que você era amiga dele — continuou o homem. — Quer um conselho? Suma daqui. A polícia já veio me perguntar se conheço alguém da turma.

Fez um esforço para andar até o próximo quarteirão. Apoiou-se na parede. Com dificuldade, refletiu.

— Não é hora de chorar. Preciso de um lugar pra ficar. Pelo menos por hoje.

Lembrava-se vagamente do endereço de Mônica, uma garota que conhecera no apartamento de Naldo. A que usava heroína. Tinham se encontrado outras vezes. Conversaram. Sabia onde ela morava, uma vez haviam passado em frente. Usou novamente o truque de pedir dinheiro para a condução. Depois, rodou horas pelo bairro até encontrar o prédio. Era um endereço elegante. Interfone na portaria. Ficou com medo de que Mônica não a recebesse. Sentiu um alívio enorme quando foi autorizada a subir.

Era um apartamento de andar inteiro. Mônica morava com o pai, viúvo, e a avó. Tudo muito chique, muito elegante. Foi recebida na porta. Vestida de preto, com o cabelo esverdeado e um *piercing* no nariz, Mônica era uma figura exótica. Pálida, magra, fazia um tipo elegante. Movimentava-se pausadamente.

— Dora, que foi?

— Você soube? Do Naldo?

— Pior... eu estava lá.

Levou-a para a sala. Conversaram longamente. Naldo sofrera uma overdose. Mônica e o namorado chamaram uma ambulância, mas sumiram antes de ela chegar.

— Ficamos com medo do rolo — confessou Mônica. — Mas o meu gato, que conhece a família do Naldo, diz que está na UTI. Tem chance de se salvar.

Dora tomou coragem.

— Minha mãe me botou para fora de casa. O Ed foi viajar... precisava...

— Pode ficar no quarto de hóspedes — explicou Mônica. — Mas não dá bandeira. Aqui em casa eu me controlo. Se estou muito louca, me tranco no banheiro.

Pensou em Naldo abandonado, sozinho, na overdose. Talvez se, em vez de fugir, tentassem socorrê-lo, as chances de recuperação seriam maiores. Teve raiva de Mônica e de todos os amigos, incapazes de ajudar numa hora dessas.

— Que cara é essa, Dora?

Disfarçou. Precisava de abrigo.

— Deu fome.

Na cozinha, fez um sanduíche. Quando foi tomar banho, Mônica emprestou uma camiseta, calcinha. Ofereceu:

— Pode ficar com esse jeans... é velho.

Serviu, com a barra dobrada. Apertava na cintura, mas tudo bem. No quarto, que tinha banheiro privativo, fumou uma das pedras salvas do ataque de Paulo. Seria preciso economizar, até a volta de Edmundo. Mas estava tão nervosa que uma pedra só não foi suficiente. Fumou outra.

Tentou ser simpática durante o dia seguinte. Conversou horas com a avó de Mônica. Tomou cafezinho. O que restava das pedras se foi. Voltaram os velhos sintomas. Secura na boca. Tremor.

— Acho que estou gripada — explicou à avó da amiga.

De madrugada, não aguentava mais as pontadas na cabeça. Não teve dúvidas. Já percebera que Mônica deixava a bolsa em qualquer lugar. Nem devia saber quanto tinha na carteira. Pegou metade. Saiu bem devagarzinho para não notarem. Conhecia uns pontos. Comprou pedras. Fumou agachada na sarjeta, com uma garota traficante. Voltou quando amanhecia.

Já tinha sido apresentada como hóspede ao porteiro. Entrou sem que chamassem pelo interfone. Deitou-se.

O rosto duro de Mônica foi a primeira coisa que viu ao despertar.

— Desgraçada.

Quis se fazer de inocente.

— Que foi?

— Você pegou minha grana.

O dinheiro fora retirado do banco no dia anterior. Mônica sabia exatamente quanto tinha.

— Quebrei a cara quando fui pagar meu bagulho.

Perdera a compra de heroína.

— Quase levei porrada.

— Não fui eu.

— Se manda.

— Eu não tenho pra onde ir.

— Ajudei você, e é assim que me retribui. E olha que nunca fui muito com a sua cara. Mas ajudei. Pensei no Naldo. Ele gostava tanto de você. Por isso dei bobeira. Nem reconhecer, você reconhece. Dá o fora.

— Vou falar com sua avó. Ela me deixa ficar.

— Ela está dormindo. Se você for encher a paciência dela, leva uns tapas. Vá de uma vez!

Enfureceu-se.

— Também nunca fui com sua cara. Quer saber? Nem essa porcaria de jeans eu quero!

Foi no varal. Pegou o vestido com que chegara, ainda dependurado. Botou, úmido.

— Já vai tarde — disse Mônica.

Na rua, correu para um telefone. Talvez Edmundo já tivesse voltado da viagem. Com o resto do dinheiro, bem escondido na calcinha, comprou fichas. Ligou. Suspirou aliviada quando um homem atendeu.

— Quem quer falar com meu filho?

— É a Dora, amiga dele.

Houve uma pausa do outro lado. Percebeu uma voz masculina e outra feminina discutindo. O homem voltou ao telefone.

— O meu filho foi internado de novo.

— Mas o que...

— Não vem com história, garota. Nós já andávamos desconfiados... vendo você e ele pra cima e pra baixo. Descobrimos tudo na viagem. Agora, vê se não aparece mais. Ou eu chamo a polícia!

Ouviu o estalido do telefone.

Pensou nas alternativas. Poderia procurar Gui. Mas e a mulher com quem ele vivia? E se fosse ciumenta? Com um arrepio, lembrou-se da casa na Frei Caneca. Seria uma alternativa.

Exausta, caminhou até lá. Demolida. Só restavam algumas paredes. Na frente, uma placa de madeira anunciando um prédio de apartamentos.

— E agora?

15

Rodou pela cidade horas e horas. Tudo parecia dar errado. Bateu até uma pontinha de remorso.

— Bobeira ter roubado aquela grana da Mônica.

Tinha a convicção, porém, de que acabaria sendo expulsa de qualquer maneira.

— Confiei demais no Ed.

Sentia-se magoada. Traída. Como ele pudera falar ao pai sobre ela? Como pudera desaparecer justo nesse momento? Tinha sido ele quem oferecera a primeira carreirinha de coca, assim que voltaram a se ver.

— Estava limpa... e ele me botou nesse negócio de novo.

Nem conseguia sentir raiva. No íntimo, talvez soubesse que essa era apenas sua versão dos fatos.

— Quem sabe eu teria acabado cheirando de qualquer jeito.

Lembrou-se de quando aceitava dinheiro de homens. Não queria voltar a fazer isso. Sentia-se mal só de pensar. Mas não havia alternativa. Poderia conseguir dinheiro para um hotel. Uma pensão, no mínimo. Muitas garotas viviam disso. Por que não poderia viver também? Seria fácil.

— O que custa fazer de novo?

A fome aumentava. Mendigou dinheiro com alguns transeuntes. Conseguiu para um hambúrguer, fritas e Coca-Cola. Devorou tudo. Ao entardecer, voltou para seu antigo ponto, perto da rua Augusta. Notou que algumas prostitutas, profissionais, a olhavam com desagrado. Uma se atreveu:

— Que pensa que veio fazer aqui, fedida?

Com medo, nem respondeu. Andou alguns metros. A outra a encarava. Sabia que tinha uma aparência triste. Vestido amassado. Cabelos despenteados. Nem escovara os dentes de manhã! Apesar disso, tinha uma vantagem sobre as outras. Parecia uma garota de família, não uma profissional.

— Os clientes sempre sabem que meu negócio é outro. Que só estou aqui por causa do bagulho — disse para si mesma.

Um carro parou. Dois rapazes fizeram sinal. Tremeu. Dois? Era o cúmulo da humilhação. Sentiu que estava caindo, caindo. Por pouco não deu meia-volta e correu sem parar. Para onde? Não podia voltar para a casa da mãe, raciocinou. Não, depois da briga com Paulo. Fora expulsa. Agora estava por conta própria. Topou dar uma volta. Combinou o preço. No carro, usou o velho artifício. Abstraiu-se. Não era com ela. Não estava lá. Era um filme, e apenas assistia. O olhar perdeu-se no vazio.

Quando percebeu, estavam indo em direção a um bairro distante. Isolado.

— Pra onde vocês estão me levando?

— Fique quieta — disse um deles, tomando uma cerveja.

Um calafrio bateu na espinha. Já ouvira histórias horríveis. Sobre surras. Garotas que sumiam. Uma amiga de Magda, profissional das ruas, muitas vezes avisara.

— Nunca entre em carro com dois.

Caiu em si. Como pudera cometer essa besteira?

— É melhor vocês pararem essa porcaria.

O do banco de trás puxou seu pescoço. As mãos agarraram sua traqueia.

— Já mandei calar a boca.

Gemeu. Calou-se. Nervosa, procurava uma chance de escapar. O rapaz mexia em seu cabelo com agressividade. O do volante botou a mão em sua perna. Ainda tentou dominar a situação.

— E a grana? Ainda não vi nada.

O motorista deu uma gargalhada. Ela encolheu-se. Decidiu parecer assustada.

— Assim é que eu gosto — disse o outro.

O carro parou no semáforo. Era uma grande avenida. Não teria outra chance. Foi rápida. Destravou a porta. Abriu, pronta para saltar. O de trás a agarrou pelo vestido, o outro pela perna. Conseguiu botar um pé pra fora, gritou.

— Socorro!

Os dois gritaram palavrões. Debateu-se um instante, notou outros carros por perto. Ninguém se mexia. Assistiam à cena. Como se fosse mesmo um filme e ela não fosse um ser humano, sofrendo, implorando ajuda. Desesperada, imaginou que iam colocá-la para dentro de novo. Mas os rapazes se assustaram. O do volante soltou sua perna, para mexer no câmbio. Ela deu uma guinada com força, conseguiu sair com o corpo inteiro. O vestido se rasgou nas mãos do de trás, o carro arrancou no vermelho. Ela rolou na sarjeta, raspando joelhos e braços. Finalmente, uma mulher desceu de um carro.

— Venha, vou te levar pra um pronto-socorro.

Conseguiu ficar de pé. Todo o corpo ralado, mas não devia ter quebrado nada.

— Não precisa. Moro perto.

Mais algumas frases, conseguiu se livrar. O corpo doía. Só tinha um desejo: descansar.

Notou uma estação de metrô por perto. Estava na avenida Radial Leste, no outro extremo da cidade. Sabia voltar.

— Voltar, para onde? — angustiou-se.

Desceu no centro. Caía uma garoa fina. Parou num carrinho de cachorro-quente, pediu um. Os trocados estavam terminando. Apalpou uma pedra no bolso. Pensou em buscar outro cliente. Tinha medo. Além do mais, com o corpo todo ralado, cheio de manchas de sangue, quem iria querer? Andou mais um pouco, mancando. Percebeu uma grande animação embaixo do viaduto. Pessoas faziam fogueiras, cozinhavam feijão. Algumas sentavam-se num velho sofá. Um casal deitava-se sobre jornais. Todos maltrapilhos, sujos. Aproximou-se, mas não muito. Perto deles, não estaria sozinha. De longe, a polícia pensaria que ela fazia parte de alguma daquelas famílias. Sentou-se de cócoras contra uma pilastra. Um bêbado a olhou de longe, riu. Ficou quieta, com medo. O machucado doía. Não tinha mais forças para caminhar.

— Vou passar a noite acordada — decidiu.

Com cuidado, conseguiu acender uma pedra. A penúltima. Fumou. Ficou bem, pelo menos por algum tempo. Curiosamente, ninguém se aproximava dela. Riu.

— Devem ter medo de mim.

De longe, observou-os enquanto comiam. O cheiro da refeição deu nojo. Pernas, braços, costelas estalavam. Como se estivesse deitada em arame farpado. Assistiu enquanto, um a um, todos se deitavam na calçada. Um rapaz, quase adolescente, fez sinal, chamando, mostrando um colchão. O dele. Ela fingiu não ver. Algumas horas depois, continuava de olhos abertos. Todos dormiam. Fechou os olhos e adormeceu também.

Despertou com a claridade do dia. Alguém sacudia seu ombro.

— Acorda. É hora de dar o fora. Daqui a pouco os meganhas vêm limpar a área.

Surpresa, notou o rapaz da noite anterior. Era, de fato, muito mais novo do que parecera no escuro. Talvez tivesse a idade de André. De longe, uma mulher, com duas crianças menores, os observava, fazendo sinais. Demorou algum tempo para tomar consciência de onde estava. Levantou-se com dificuldade.

— Quer café? — ofereceu o rapaz.

Os membros, entorpecidos. O corpo, cheio de crostas. Caminhou até a mulher. Recebeu uma xícara de café ralo. Quando a mulher falou, espantou-se. Era educada, embora um pouco rude. Percebeu que a olhava com pena.

— Está toda machucada.

— Eu sei.

Não disseram mais nada.

— Você não tem pai, mãe?

— Não tenho mais ninguém — explicou Dora.

Um homem de jeans, camiseta e ar cansado aproximava-se.

— Quer sair com a gente?

A mãe explicou que vendiam frutas em um semáforo. Tinham um esquema com um sujeito e ganhavam um pouco

você t
cotove
o rapa
sem je
tiro
cotovel
o rapaz
sem je

sobre cada caixa vendida. Pai, mãe e três filhos viviam disso. Às vezes, quando faltava fruta, vendiam buquês de flores.

— Quem fica com a grana pesada é o dono do ponto. Mas sempre entra algum — disse o pai. — Se quiser ir, é bom lavar essas feridas.

Quase respondeu que não era mendiga para vender fruta em semáforo. Calou-se a tempo. Tinha fome, precisava de dinheiro para o *crack*... Perguntou onde podia se lavar. Eles conheciam uma bica clandestina, perto da avenida Vinte e Três de Maio. A mãe às vezes lavava e secava todas as roupas da família nesse lugar. Aceitou.

Passou o dia debaixo de sol escaldante. Pensava que ia desmaiar a cada momento. Nem fumar podia. Sentia-se tão mal que já não sabia se era a falta do *crack*, a fome ou simplesmente cansaço. Cada caixa de figos vendida — era o produto do dia — rendia pouquíssimo. Para comprar mais pedras, precisaria trabalhar uma semana. Notou que o chefão, dono do ponto, a observava. Era um sujeito de uns trinta anos. Simpático. Quem sabe?

Quase deu um tapa em si mesma. Como? Uma noite antes estava num apartamento chiquíssimo, hospedada por Mônica. Agora, era capaz de querer unir-se a um sujeito daqueles? Pior ainda. Passava o tempo todo de olho para fugir se passasse o carro de algum conhecido.

Apesar do mau humor, continuou vendendo. Era preciso sorrir, insistir em cada veículo. A maioria fechava o vidro, virava a cara. Alguns compravam.

— Só pra ajudar — disse um motorista.

Teve vontade de gritar que não precisava de esmola. Fechou a boca.

Mais tarde, sentada perto de um fogãozinho improvisado, embaixo do viaduto, conversou com a família. Surpreendeu-se. A história não era, afinal, muito diferente da de seus pais. Até dois anos atrás, moravam numa casa alugada, num bairro da zona Norte. O pai trabalhava numa metalúrgica. Ganhava bem, tinha carro. Os meninos, na escola paga. Simples, mas de bom nível. Um dia, perdeu o emprego. Tentou várias coisas. Montou um negocinho, deu errado. As economias acabaram. Passou a viver de bicos. O dono da casa exigiu um aluguel maior. Foi preciso deixá-la. Tentaram um barraco numa favela. Nem isso conseguiram. Não houve alternativa, a não ser viver na rua.

— É só até a situação mudar — garantiu a mãe.

Dora nem soube o que responder. Mudar como? Se em dois anos nada surgira. Não entendeu como a mulher ainda tinha esperança.

— A gente vai achar uma saída. Os moleques ainda voltam pra escola.

Espantada, Dora descobriu que conhecia mais sobre becos sem saída do que a mulher. Pois vira, durante o dia, o garoto mais velho enturmado com uns meninos de rua. Em breve ele estaria no *crack*. Talvez assaltando. Trocou um olhar rápido com o pai. Nunca vira tanta tristeza no semblante de um homem.

— Ele está desesperado — percebeu Dora. — Sabe que não tem como sair dessa.

Lembrou-se do pai quando perdera o emprego. A decisão de ir para a Amazônia a revoltara tanto! Teria tido outra alternativa? Sentira medo de acabar como esse homem? Não, não queria pensar nisso agora. A mulher estendia um gomo de laranja. Havia apenas uma, que ela havia dividido entre todos.

— Pegue.

Deu um nó na garganta. Apesar de sofrer tanta desgraça, aquela mulher era capaz de generosidade. Dora aceitou. Deixou o gomo se dissolver devagar na boca. Uma delícia. Percebeu que não teria coragem de fumar *crack* na frente daquela família. Muito menos de apresentar o bagulho aos meninos. Levantou-se.

— Eu vou.

Todos se admiraram.

— Pra onde? — perguntou a mãe.

— Fique com a gente — ofereceu o pai. — Uma garota como você sozinha na rua... o que pode acontecer?

Tinha vergonha de tanta bondade. Não havia como dizer não. Decidiu partir quando todos estivessem dormindo. Fumaria a última pedra mais tarde. Depois, veria o que fazer. Mas, nesse instante, aconteceu algo surpreendente.

Um vulto esquelético, de cabelos cortados em pontas, jeans rasgado e camiseta imunda, aproximava-se. Dora sentiu um arrepio ao ver a figura, recortada contra as luzes da cidade.

— Diabo — disse a mãe. — De novo.

— Que foi?

— É uma doida que vaga por aqui — explicou o garoto mais velho. — Às vezes, quando a cabeça fica limpa, até é legal. Mas a maior parte do tempo não fala coisa com coisa. Briga por qualquer besteira.

— Foi ela quem quebrou meu jogo de café. Era a última coisa que restava da minha casinha. Ganhei no casamento. Eu deixava guardada num esconderijo, atrás de uma árvore. A diaba descobriu e quebrou tudo — contou a mãe, triste. — Agora não tenho mais nada pra lembrar de quando era bom.

A figura aproximou-se, estendendo a mão cadavérica, só pele e osso.

— Tem café? — balbuciou.

A mãe encheu uma canequinha de lata, estendeu.

— O pior é que a mãe nunca diz não — contou o garoto.

Para Dora, parecia que o mundo havia caído. Atrás daquela pele amarelada, dos olhos fundos, ela reconheceu Magda. Magda, sem sombra de dúvida. Pela segunda vez, a amiga surgia perdida à sua frente. Como se vagassem no mesmo mundo e vivessem dando esbarrões uma na outra. Agora não tinha vários dentes da frente. Outros, podres de tantas cáries. O cabelo, um trapo. A orelha cheia de brinquinhos. Manchas roxas no corpo.

— Magda! — gritou.

A amiga a fitou, sem reconhecê-la. Dava dor ver aqueles olhos vazios.

— Um dia também vou ter olhos assim? — assustou-se Dora.

Insistiu:

— Magda, sou eu, Dora. Não lembra de mim?

Lentamente, Magda tentou um sorriso. Como se a lembrança penetrasse pela fresta de seu pensamento.

— Ah... Dora... você, Dora?

Reagiu como se fosse um vampiro à procura de sangue. Estendeu a mão, pediu.

— Tem pedra, Dora?

A família toda as observava.

— Você conhece essa aí? — espantou-se a mãe.

Quis explicar quem era Magda, não conseguiu. A mãe puxava os filhos para si.

— Essa aí não é gente — continuou a mãe. — Faz qualquer coisa pela droga. Nem os mendigos querem mais saber dela.

— O pai dela é um industrial. Mora numa mansão. É rico.

Os outros sorriram com descrédito.

— Se fosse rico não ia deixar a filha virar esse molambo de gente — afirmou o homem.

Magda agarrou Dora.

— Arrume uma pedra... por tudo... eu preciso, Dora.

A atitude da mãe mudara. Era dura.

— Pensei que você era uma coitadinha. Fiquei com dó, vendo tanto machucado. Agora vejo. É da turma dessa aí. Eu tenho pena... muita pena... mas não quero meus filhos metidos com esse negócio. Não quero acabar com o futuro deles, não.

— Que futuro, dona? — retrucou Dora, irritada. — Vocês não têm futuro nenhum.

— Enrole a língua na boca, que é melhor. Meus filhos vão ser gente, ouviu?

— Se manda — disse o pai. — A gente não quer nada com viciado.

— Queria mesmo ir embora. Vocês é que insistiram pra eu ficar — disse Dora.

Abraçou Magda pelo ombro.

— Venha, eu arrumo o bagulho.

Arrastou a amiga. Estava tão magra que dava até dó. Ergueu o queixo, orgulhosa. De fato, sentia-se humilhada.

— Nem embaixo do viaduto me deixam ficar.

Não havia tempo para se lamentar. Puxou Magda ao longo do viaduto, procurando um lugar. Tudo estava ocupado. Famílias inteiras viviam no calçadão. Em alguns lugares, percebeu figuras solitárias sobre colchões. Magda empacava. Era preciso insistir para continuar. Finalmente, achou uma porta de loja vazia, na calçada oposta. De manhã, seria preciso partir antes que abrissem. Acomodou Magda, com carinho. Pegou sua última pedra, acendeu. Apresentou. Magda aspirou a fumaça, trêmula. Em seguida, foi sua vez.

— Nunca pensei que ia dividir essa pedra, justo a última. Mas é por você, Magda.

Só cochilou, a noite toda. Acordava a cada movimento da amiga. Magda tinha um sono intranquilo. Falava frases incompreensíveis. Debatia-se contra a calçada, com espasmos musculares. Talvez fosse esse o motivo de tantos machucados. Quando a manhã chegou, foi um alívio. Tentou conversar. Magda não falava coisa com coisa.

— O que aconteceu com a gente? — perguntou Dora. — Não faz muito tempo, eu fui à sua festa de aniversário, Magda. Tinha um supersom, tinha tanta comida que nem consigo lembrar. E agora? Como é que você pôde ficar assim?

Em silêncio, Magda babava. Parecia uma boneca de pano, solta.

— Eu sei que você vai ficar louca da vida comigo. Mas não pode continuar na rua — decidiu Dora.

De fato, seus companheiros da noite anterior tinham razão: um homem tão rico como seu pai não deixaria a filha nesse estado. Enviaria Magda para um tratamento. No exterior, talvez.

— Você vai para casa, Magda. Eu vou salvar você.

Passou a manhã pedindo esmolas. Em apenas duas noites de rua, sua aparência não era mais a de uma garota de classe média. O vestido rasgado. Sujo. A falta de banho! Tornara-se igual aos mendigos a quem torcia o nariz com desprezo.

A cada um que passava, pedia auxílio. Arrastara Magda até um muro. Indicava a amiga no chão, sentada, com ar ausente. Muitos se afastavam, como se tivessem nojo. Ou medo. Alguns davam moedas. Juntou o suficiente para levar Magda a um bar. Pediu café com leite, pão com manteiga. O rapaz do balcão não queria servir.

— Aqui não é lugar de mendigo.

Brigou. Desfiou uma cascata de palavrões. O dono do bar saiu do fundo.

— Cala a boca senão vai pra rua a tapa.

— Eu pago! — gritou, mostrando as moedas.

Para se livrar, o homem mandou fazer sanduíches de mortadela. Deu café quente em copos de plástico. Nem cobrou. Bastava que dessem o fora. Comeram na rua, encostadas numa parede.

— Vamos, Magda.

A amiga, passiva. Ausente. Conseguia andar, embora Dora tivesse que puxá-la pela mão. Tomaram um ônibus. Depois, outro. Caminharam até os muros da mansão. Quando viu onde estava, Magda ganhou nova vida. Quis fugir. Estava tão fraca que Dora conseguiu segurá-la, apesar da revolta da outra.

— Venha, Magda! Seu pai, sua mãe, sua irmã, todo mundo vai ajudar você. Eu garanto.

Falava o que vinha na cabeça. Precisava levá-la de volta pra casa. Foi difícil. Só conseguiu graças aos lapsos de Magda, que subitamente esquecia onde estava. Levou-a até os portões. Na guarita, um guarda perguntou, feroz:

— Que é que você quer?

— Esta aqui é a Magda, a filha do dono. Juro!

O rapaz estranhou. Chamou pelo interfone.

— Tem duas garotas de rua aqui. Uma diz que é filha do seu Almeida.

Dali a pouco uma senhora de uniforme aparecia no portão. Ao ver Magda, fez uma expressão de horror.

— É a menina! Ai, meu Deus!

Outros empregados aproximavam-se, com expressão de espanto. Formaram um círculo. Para surpresa de Dora, ninguém se mexia.

— Vocês não vão pôr a Magda pra dentro? — admirou-se.

— O copeiro foi telefonar para o patrão. Todo o resto da família está viajando, desde que...

— Desde o quê?

A mulher calou-se. Uma empregada apareceu com uma bandeja. Pães, copos de refresco. Para Dora era muito estranho. Magda doente e todos hesitavam. Pegou um pão, comeu. Magda tremia, cada vez mais assustada. O copeiro apareceu, vermelho. Envergonhado.

— O patrão disse que ela não pode entrar.

— O quê? — espantou-se Dora. — Você não deve ter explicado direito. É a filha dele.

— Expliquei sim. Ele disse que não tem mais filha.

A governanta chorava. Fez um carinho em Magda.

— Que desgraça.

A duras penas, Dora conseguiu que a governanta explicasse tudo. Antes de fugir pela última vez, Magda tivera uma crise de falta de *crack*. Tentara sair para comprar, foi impedida. Partiu para a violência. No desespero, havia esfaqueado a irmã e o sobrinho, ainda um menino. Sobreviveram. Mas a família desistira de tentar o tratamento. A mãe e a irmã foram passar uma temporada na Europa, para esquecer e tratar da saúde. Havia uma ordem expressa para que Magda nunca mais fosse admitida naquela casa.

— Vejam o estado dela — implorou Dora. — Não fala coisa com coisa.

— O pai largou mão — explicou o copeiro. — Até que está certo. Se fosse minha filha, também renegava.

— Pelo menos, me arrumem uma grana — implorou Dora. — Nós não temos pra onde ir!

O copeiro e a governanta fizeram uma vaquinha. Até o segurança participou. O copeiro fez uma exigência.

— Vê se não aparece mais aqui! O patrão proibiu. Pode até botar a gente na rua!

Envergonhada, Dora partiu com Magda. Contou o dinheiro. Só havia uma alternativa. Procuraria Gui. Mesmo que a mulher dele pusesse obstáculos, não iria deixá-la na mão. Ainda mais com Magda daquele jeito. Pegaram um ônibus até o bairro onde ele morava. Sabia vagamente o endereço. Mas conseguiu achar a casinha de Gui. Casinha? Era um quarto e cozinha nos fundos de uma casa velha, junto com muitos outros. Um cortiço. Ele e a companheira ainda estavam dormindo. Acordou de mau humor. Dora explicou a situação. Mostrou o dinheiro. Ele disse que podiam dormir no chão, por alguns dias.

— Só até a Magda melhorar. Com ela em condições, a gente vai embora.

A companheira de Gui aceitou a situação com raiva. Exigiu que pagassem as pedras que consumissem. O dinheiro que Dora conseguira dos empregados seria suficiente por alguns dias. Isso acalmou a mulher.

Tudo começou a dar certo. Com descanso e algumas refeições, Magda ganhou alguma cor. Dora sentia-se orgulhosa. Acompanhava seus progressos. Pela primeira vez no mundo, cuidava de alguém. Torcia por Magda.

— Essa aí não tem mais conserto — afirmou a companheira de Gui. — É que nem um zumbi. Acho que a cabeça ficou lesada. Quando tem *crack*, fica falante, animada. Quando não tem, fica de olho parado, uma morta-viva.

Dora nem quis responder. Evitava discussões com a dona da casa. Preferiu fumar uma pedra, em silêncio. Um dia, tudo seria diferente! Magda voltaria a ser recebida pelos pais. Perdoada. Trataria os dentes. Engordaria. Voltaria a ser a garota chique e esperta de antes. O fio dos pensamentos levou Dora para outra pergunta.

— E eu?

Pensar em Magda fazia Dora pensar nela mesma de uma outra forma. Se fumasse demais agora, se não conseguisse dinheiro, a outra estaria perdida.

Algum tempo mais e Magda se tornou mais falante. Os pensamentos, clareados. Gui veio falar com Dora.

— Acho que agora já dá.

— Pra quê?

— Pra vocês irem. Eu prometi só uns dias... você disse que era só até a Magda ficar legal. Faz mais de um mês.

Implorou por mais duas noites.

— Pra levantar uma grana.

No dia seguinte, explicou a Magda que deveria ficar só. Esta recusou-se. Agora, tinha horror de ficar longe de Dora.

— Vou conseguir dinheiro, volto logo — explicou.

— Eu ajudo. Consigo grana! — insistiu Magda.

Dora fez que não. Saiu, passou o dia abordando os transeuntes no centro da cidade. Pedindo. Voltou, comprou mais pedras e guardou a sobra dentro do tênis. Com sorte, em mais duas tardes conseguiria para um hotelzinho. Por pior que fosse, seria um teto.

— Até que pedir na rua dá lucro! — riu com Gui.

Quando voltou na noite seguinte, Magda não estava lá.

— Ela disse que ia ajudar você a ganhar dinheiro — explicou a mulher dele.

— Mas eu pedi pra vocês tomarem conta dela!

— Dora, você está muito não me toques com a Magda — cobrou Gui. — Ela é mais rodada que você, esqueceu?

— Olha pra mim! — esbravejou a mulher. — Tenho cara de babá?

Havia alguma coisa errada, Dora podia sentir no ar.

Magda não voltou de manhã. Nem no resto do dia. Dora rodou as ruas próximas, na esperança de que ela houvesse perdido o endereço. Ou tivesse sofrido um dos lapsos tão comuns! Nem sinal. Perguntou aos garotos da rua. Um lembrava-se de alguma coisa.

— Vi, sim, uma moça como você disse, entrando num carro com dois carinhas.

Arrepiou-se. Entrou no quarto e cozinha, discutiu. A companheira de Gui reconheceu:

— Tem dois carinhas, sim, que vivem rondando o pedaço. Sei lá quem são. Nem tenho obrigação de saber. A Magda tem idade pra saber dela mesma. Saiu pra rua pra faturar, e daí?

— Você armou pra ela sair, isso sim. Queria que trouxesse grana. Quem sabe, pegava e nem me dizia.

— Está me chamando de ladra.

— Ladrona, sim! Você sempre foi contra mim porque tem ciúme do Gui!

A outra, furiosa:

— Ciúme desse panaca? Quer saber? Quem paga o aluguel aqui sou eu. Dá o fora. Se quiser, leve o Gui junto e faça bom proveito!

Atracaram-se. De raiva, Dora chutou uma panela cheia de *crack* que estava no fogão. A mulher gritava de desespero, vendo perdido todo o material. Mesmo assim Dora não parou de brigar. Chutou a cama, quebrou copos. Só Gui conseguiu controlá-la, quando veio correndo da rua. Foi expulsa da casa.

— Dora, você ficou maluca! — gritou o rapaz.

Nem respondeu. Passada a raiva, só conseguia chorar. Por Magda. Dois sujeitos. Seria o mesmo carro onde entrara fazia alguns dias? Lembrava-se do clima de violência. Do medo.

Muito mais tarde, ouviu falar de um grupo que fazia filmes de violência explícita. Filmes em que as garotas eram surradas de verdade, estupradas. Eventualmente, aniquiladas. Vendidos no mercado negro, em muitos países. Mas isso só soube por ouvir falar. Jamais saberia o que aqueles rapazes queriam com ela. Nem se foram eles que levaram Magda. Nunca soube de nada. Pois Magda desapareceu completamente.

Passou dias e noites pedindo esmola, comprando pedras de *crack* de garotos de rua. Procurando Magda sob viadutos, em favelas. Às vezes, ouvia falar de uma garota parecida. Ia atrás. Muitos moleques de rua, mendigos, pequenos traficantes, sabiam da história. Imaginavam ser sua irmã que desaparecera. Respeitavam. Passou por situações horríveis. Como quando foi assaltada por um bando de pivetes, que roubaram todas as suas pedras. Não levaram mais porque não tinha. Em outra ocasião, chegou a ganhar dinheiro ajudando a passar maconha e papelotes de cocaína num posto de gasolina. O traficante tinha um acordo com o dono. Rodava também pelos bares do bairro de Vila Madalena. Fornecia papelotes.

Inúmeros frequentadores da noite já conheciam o vulto magro de Dora. Dormia onde desse, com quem aparecesse. Ia vivendo. Certa vez, viu Mônica, vestida de seda, descer de um carro importado, acompanhada por um rapaz superbem arrumado. Quis fugir, não deu tempo. Mas a ex-amiga, de quem roubara dinheiro, não a reconheceu. Perguntou se tinha hero.

— Tenho não — falou, disfarçando a voz.

O rosto de Mônica estava se tornando seco, como se um bicho a comesse por dentro. Mas nada disso a interessava. Queria encontrar Magda.

— Era a única pessoa que gostava de mim nesse mundo!

Culpava-se, com remorso:

— Ela pediu para ir comigo. Para não ficar sozinha.

Sentia necessidade de alguém. Um amigo. Já não tinha ilusões.

— Ninguém liga pra ninguém. Cada um cuida apenas do que é seu.

Nem podia ser de outra maneira. Lembrou-se de que ela mesma assaltara a bolsa da mãe, a de Mônica.

— Também fui assim, só pensava em mim — concluiu.

Algo mudara dentro dela. Antes, sua angústia era apenas para conseguir as pedras. Agora, havia alguma coisa mais. Não sabia expressar com palavras.

Talvez nunca tivesse descoberto como retomar a própria vida. Se não acontecesse uma coisa mágica.

16

Estava deitada sob um viaduto, num lugar que já se tornara seu. Era estranho. Quando começara a viver na rua, parecia que toda a cidade estava tomada. Alguns pivetes eram donos de pedaços e só ofereciam abrigo a quem era da tribo. Nunca quis se envolver com eles. Já vira brigas em número suficiente para preferir ficar sozinha. Mas havia alguns lugares mais tranquilos. Era onde viviam pessoas como as da primeira família que Dora encontrara. Pais de família desempregados, migrantes sem oportunidade.

Para sua surpresa, até pessoas com emprego fixo dormiam na rua. Como algumas empregadas domésticas e faxineiras. Recebiam tão pouco em seu trabalho que não tinham como pagar aluguel. Tomavam banho e comiam no serviço. De noite, ajeitavam-se em colchões ao relento. A maioria das vezes, sem o patrão saber. Alguns operários e camelôs também faziam isso. Os últimos sofriam o diabo para proteger as mercadorias dos ladrões.

Uma vez, conheceu o dono de uma banca de revista que escavara o chão da esquina onde tinha o quiosque. Embaixo, fizera sala, cozinha, quarto. Uma casa inteira. Conseguira água e luz, instalados! Teve até inveja.

— E eu que antes só pensava em carro importado — surpreendia-se Dora.

Ultimamente, refugiava-se perto de duas velhas. Não sabia direito quem eram. Falavam com sotaque caipira. Uma delas costumava contar que eram de família de fazendeiros no interior. Perderam tudo em briga de herança.

Vieram para a capital em busca de parentes. Não encontraram nenhum.

— Uns cafajestes, os meus sobrinhos — lamentava-se a mulher.

Mostrava um prato com borda de ouro e desenho de uma paisagem no fundo, como prova de sua condição anterior.

— Ficava pendurado na parede da sala!

A outra senhora, sempre calada, abaixava os olhos quando ouvia essas histórias. Parecia morrer de vergonha. As duas pediam esmola. Só assim conseguiam comer. Perto delas, Dora sentia-se mais segura, embora soubesse que não poderiam fazer nada diante de alguma violência. Mas havia um certo calor humano junto daquelas vovozinhas tão agradáveis.

Numa dessas noites, fumava a terceira pedra. As mulheres dormiam, enroladas em cobertores, apesar do calor. O dinheiro tinha acabado de novo. Como fazia agora todo dia, Dora perguntou-se:

— O que fazer?

Lembrou-se do prato com borda de ouro que uma das velhas sempre mostrava. Devia valer alguma coisa. Teve uma sensação de desconforto ao lembrar-se do orgulho da mulher. Do que o prato significava para ela.

— De qualquer jeito, alguém vai acabar roubando. Que seja eu.

Abriu devagarzinho a sacola da mulher e tirou o prato. A luz bateu na borda de ouro, iluminando a paisagem pintada na porcelana. Uma mulher de vestido comprido num banco, um cavalheiro curvado. Friso dourado.

Um ruído fez com que erguesse a cabeça. Um velho, de barbas brancas, cheirando a álcool, estava diante dela. O corpo coberto de andrajos. Estendia uma fruta.

— Quer?

Assustou-se. Ficou parada com o prato na mão. Finalmente, conseguiu entender que ele estava oferecendo a fruta. Avançou os dedos, pegou. Surpresa, descobriu que era uma pinha. Fruta cara, difícil de alguém dar. Não comia desde que... desde que saíra da casa da mãe. Antes que agradecesse, o velho falou:

— O que você vai fazer?

Era como se alguém tivesse tirado as palavras de sua boca. O homem abanou a cabeça e reforçou.

— Pense bem, minha neta.

Com a fumaça do *crack* dando voltas na cabeça, nem conseguiu responder. Respirou fundo, queria perguntar quem era ele. Por que a chamava de neta? Como percebia sua angústia, suas dúvidas? O velho virou as costas e afastou-se. Dora lembrou-se das histórias de seu avô. O pai de seu pai, bêbado, que desaparecera de casa. O homem de quem o pai falava com mágoa, pois o abandonara ainda menino.

— Seria ele mesmo, meu avô?

Não sabia. Quase impossível, hoje o avô estaria muito velho. Dificilmente vivo. Seria seu avô ou somente um homem que a vira cometer um furto? Teria confundido as coisas, na fumaça do *crack*? Mas, por alguns segundos, aquele desconhecido fora, sim, o seu avô! Quando criança, ouvira dizer que ganhar pinha dava sorte. Acariciou a fruta, cheia de caroços. Não fora um sonho, a fruta era de verdade.

Olhou o prato de porcelana, ainda na sua mão. Sentiu uma enorme vergonha de si mesma. Como era capaz de roubar o único pedaço de felicidade daquela velha? O que tinha se tornado, afinal? Lembrou-se de Gui. Quando o conhecera, queria ser jogador de basquete. Acusava o pai de não permitir. Mas ele mesmo destruíra seu sonho. E Magda? Lembrou-se de Magda na última fase. Babando. Falando frases sem sentido. Quanto tempo demoraria para ficar assim? Ou para levar um tiro, como Elias? Para secar, como Naldo, até uma overdose? Mas acima de tudo o rosto de Magda reaparecia diante de seus olhos. Esquelético. Sujo. O olhar vago.

— Eu sou um lixo.

E, para sentir que não era tão lixo assim, botou o prato de porcelana novamente na sacola da velha, embrulhado nas roupas, como estava. Sentou-se e deu uma mordida na pinha.

Brotou um sentimento em seu coração.

— Preciso mudar de vida!

Ultimamente se sentia tão fraca! Tantas dores no corpo! Talvez fosse encontrada, levada para uma instituição. Para quê? Passaria a vida indo da casa de menores para a rua, da rua para a casa de menores... Quando fosse maior, para a cadeia?

— Ah, se eu me apaixonasse por alguém!

Pura ilusão, concluiu.

— Quem transa as pedras nunca quer ninguém. Não, de verdade. Pra que sonhar?

Tentou pensar. E se deixasse de fumar? De cheirar? Arrumasse um emprego?

Pela primeira vez, teve consciência.

— Eu não consigo. Mesmo que tentasse, não conseguiria.

Deu vontade de chorar. Pensava ter tudo sob controle. Mas não.

— O bagulho é que toma conta de mim. Não eu dele.

A cabeça rodava, à procura de uma solução. Afinal, lembrou-se de alguém que um dia estendera a mão.

— Vou ver se ainda lembra de mim!

Mal amanheceu, reuniu as bagagens que ainda possuía. De pé, observou as velhas dormindo. Tranquilas, talvez estivessem sonhando com os dias suaves na fazenda. Com pitangueiras carregadas, com romãs. Sentiu-se feliz por não ter roubado o prato. Ao mesmo tempo, voltava a secura na garganta. Os olhos ardiam.

Com dificuldade, conseguiu lembrar qual era a estação de metrô. Ao descer, não sabia que rua tomar. Perguntou pela igreja. Localizou. Lá, informou-se sobre a casa do pastor. Andou dez quadras. Às vezes se apoiava na parede, de tanta tontura. Achou o endereço. A mãe de Elias abriu a porta, sem reconhecê-la.

— O que é?

— Sou Dora.

A mulher nem conseguia falar.

— Você está tão diferente.

Quase virou as costas. Nem fora convidada para entrar. Era tudo ilusão.

— Espere!

A porta se abriu inteiramente.

— Entre, entre. Dora, que bom que você veio!

Tomou um banho. A mulher ofereceu saia, blusa, roupas de baixo.

— É moda de gente velha, mas...

Aceitou e entrou num banho quente, como não tomava havia muito tempo. O pastor acordou enquanto ela estava no chuveiro. Ao sair do banho, ouviu o casal falando baixinho. Tremeu. Iria para a rua de novo?

Nesse momento, teve certeza. Apesar da angústia, causada pela falta das pedras, queria sair dessa. Mudar de vida. Sim, de verdade! Era como se o banho fosse uma fronteira entre a sua vida anterior e uma nova, que ainda não começara. Não conseguia mais pensar em voltar para a rua. Em dormir sob viadutos, pedir esmola ou aceitar um homem qualquer. Entrou na cozinha da casa modesta, com medo. Os dois estavam sentados à mesa, tomando café. A mulher apresentou o marido.

— Este é o Esdras. Meu nome, acho que você também não sabe!

— O Elias sempre me falava. Nunca esqueci. Clarice.

Olharam-se. O pastor abaixou a cabeça, pensativo.

— Quer comer alguma coisa?

— Vocês não vão me botar pra fora?

Clarice sorriu.

— Que bobagem! Quantas vezes eu pensei em você. Torci para que me procurasse.

— Não consegui fazer meu filho sair das drogas. Até hoje penso onde foi que errei — disse o pastor. — Se puder fazer alguma coisa por você... vou me sentir bem.

— Não sou protestante. Sou católica — explicou Dora.

— O importante é ajudar você a sair dessa. Esse negócio de que todos os católicos e protestantes vivem brigando é história. Eu me dou muito bem com o padre dessa paróquia. Depois, vamos falar com ele — avisou Clarice.

Pálida, Dora mal conseguia falar. A falta do *crack* estava batendo pesado. Sentou-se, com uma sufocação. O pastor ligou para um médico, que morava num prédio próximo. Por sorte, ainda não havia saído para o trabalho. Veio em seguida. Deu-lhe um calmante. Aconselhou que a internassem. Parecia incrédulo.

— Ela está muito fraca. Chegou ao fundo do poço.

Clarice ligou para o padre. Pediu ajuda para encontrar

uma clínica gratuita. Ele veio até a casa. Devido ao calmante, Dora mal conseguia falar. Era um padre jovem, alegre. Tentou animá-la, fez brincadeiras. Deixou Dora no quarto e se reuniu com Clarice e o marido. Conversaram muito.

O calmante fez efeito. Adormeceu. Quase de noitinha, foi despertada pela mão suave de Clarice.

— Dora, fizemos uma coisa... não sei se você vai gostar.

Levantou-se, tonta. Demorou algum tempo para perceber onde estava.

— Chamamos sua mãe. Está lá na sala.

Revoltou-se. Como podiam cometer tal traição? Sua mãe, que a expulsara de casa!

— Encontramos o endereço enfiado dentro de uma carteirinha... não tinha telefone. Meu marido foi até lá. Conversou com sua mãe. Ela fez questão de vir. Foi preciso, Dora. Você é menor. Nenhuma clínica aceitaria o seu caso sem autorização.

— Vocês me traíram. Além disso, ela não quer saber de mim.

— Vá falar com ela, Dora. Garanto que você vai ficar surpresa.

Apesar da moleza do corpo, seus olhos estavam duros. Entrou na sala com ódio. Quando pudesse, decidiu, fugiria daquela casa. Melhor ficar nas ruas do que...

Foi envolvida pelos braços da mãe. Cleusa chorava.

— Dora... procurei tanto por você! Pensei que nunca mais...

Manteve o corpo duro. Ficou em silêncio, enquanto a mãe falava e falava. Paulo estava sentado numa poltrona, rígido.

— Querem mostrar que se preocupam comigo na frente dos outros. Depois, me expulsam outra vez! — pensou, com raiva.

O padre desligou o telefone, triste.

— Nada. Não tem vaga em clínica gratuita. Só ficando na fila de espera.

Dora horrorizou-se. Sabia que não ia aguentar.

— A gente procura uma clínica paga. Eu dou um jeito — declarou Cleusa.

Dora sentiu-se lograda.

— Eu sei que você não tem dinheiro, mãe. Pra que prometer uma coisa que não vai poder cumprir? Quer fazer bonito?

— Eu dou um jeito! — afirmou Cleusa novamente.

Paulo levantou-se. Falou calmamente.

— A Dora tem razão, Cleusa. Você não tem como pagar.

— Eu não disse?! — gritou Dora. — Ela só diz por dizer. Depois, me bota pra fora de casa de novo!

Era uma situação constrangedora. Clarice, o marido e o padre não sabiam o que fazer. Paulo deu um passo à frente, sem jeito. Tímido, com dificuldade em falar.

— No caminho eu vim pensando. Eu pago o tratamento.

— Como?! — até Cleusa estava surpreendida.

— Tenho alguma coisa na poupança. Vendo meu carro.

Em vez de agradecer, Dora teve ódio. Ela não gostava dele, nem ele dela. Por causa de Paulo fora expulsa de casa. Agora ele falava em vender o carro. O que pretendia, afinal?

— Eu não quero nada de você! Sei que não gosta de mim! — rugiu Dora.

Paulo ficou mais firme.

— Você é muito boba. Você não tem a menor ideia de meus sentimentos. Claro que não gosto de você, do jeito que você é. Quem é que gosta?

— Não fale assim, Paulo — disse Cleusa.

— Mas eu gosto da sua mãe. Do seu irmão. Nós somos uma família. Eu não quero mais ver sua mãe chorando por você. Enquanto você ficar assim, ninguém lá em casa vai ser feliz. Depois que você se tratar, quem sabe a gente se conhece melhor, fica amigo? Um carro não é nada, se eu puder fazer alguma coisa pela minha família.

Chocada, Dora não conseguia falar. A falta de *crack* a tornava ainda mais nervosa. Lágrimas corriam pelo seu rosto. Era tão difícil ouvir aquilo! Mais que dinheiro, Paulo oferecia amor.

Amor! Tão difícil de aceitar!

17

Dessa vez o tratamento na clínica foi completamente diferente. Não que os métodos divergissem tanto do anterior. A mudança estava em Dora. Queria se transformar. Como alguém explicara havia tanto tempo.

— Se você não se ajudar, nada vai dar certo.

Em parte, Dora percebeu, isso era verdade. Apenas a vontade fazia com que ela resistisse à dor, à ansiedade, à falta da droga. Ao buraco que havia dentro dela. Um vazio. Como se a droga fosse uma espécie de tapume. Uma parede que cobria um lugar oco. Um pedaço de Dora onde não havia sonhos, nem pensamentos. Só escuridão. Agora, sem as pedras, os sentimentos negativos vinham à tona. Não sabia o que fazer com eles. Às vezes sentia raiva de tudo e de todos. Outras, tinha crises de choro. O gesto de Paulo, a preocupação da mãe, os bilhetes de André, as cartas do pai... e até um retrato do novo irmãozinho, tudo isso contava. As visitas de Clarice, do pastor e do padre também faziam bem. Passava horas conversando com Clarice. Nos traços da mulher percebia a doçura de Elias. Lembrava-se dele com ternura. Somente um dia a mãe do rapaz tocou no nome do filho falecido:

— Vocês, jovens, pensam que nós adultos somos fortes como rochas. Nada disso. A gente erra, se confunde. Acho que meu erro, e de meu marido, foi agir como se fôssemos donos da verdade. Meu marido queria que o Elias fosse perfeito. Meu filho não teve coragem de expor suas fraquezas. Fomos ficando cada vez mais longe um do outro. Não deixe que isso aconteça com você, nunca mais. Não tenha medo de pedir ajuda.

No tratamento, aprendeu a reconhecer certos fatos. O terapeuta explicou:

— Usar drogas ou álcool é uma doença. Para se curar, só cortando de uma vez. Não dá pra inventar tréguas. Argumentar que vai provar só um pouquinho. A vontade volta mais forte.

Assim, Dora aprendeu que cada dia é um dia, cada mês, um mês. Cada minuto, cada hora, cada dia, cada mês, uma vitória.

Vitória, sim! Chegou a data em que pôde sair da clínica. Voltou a viver com a família. Na noite de sua chegada, Cleusa fez um jantar especial. Estrogonofe com batata palha, como ela gostava. Passada a emoção inicial, Dora notou o constrangimento de Paulo. A hostilidade de André. Mesmo o sorriso da mãe parecia artificial.

A sensação permaneceu nas semanas seguintes. Cleusa era exageradamente simpática. Paulo parecia ter se arrependido das palavras emocionadas que dissera anteriormente. Também não conseguiu reatar as antigas amizades. Percebeu que Emília a evitava. Ligou para a amiga algumas vezes, ela nunca podia sair. Estava sempre ocupada. Um dia encontraram-se no jardim do condomínio.

— Você brigou comigo, Emília?

A outra, sem jeito:

— Não... é que minha mãe não quer que eu ande com você. Desculpe.

Só descobriu o que acontecia quando encontrou Márcia, a amiga de escola que tinha se tornado doméstica. Por força das circunstâncias, Dora foi estudar à noite, em um curso intensivo, para recuperar o tempo perdido. Márcia estava, novamente, na mesma classe.

— Eu ouço muita coisa — disse Márcia. — O pessoal do bairro espalhou que você fazia programa. Além desse negócio da droga. As mães se pelam de medo de você.

Era horrível, pois novamente se sentia sozinha. Os rapazes da classe a tratavam de outra maneira. Sempre obsequiosos, sorridentes. Certa noite, vinha voltando das aulas, quando percebeu que um deles a seguia. Começaram a conversar. Na esquina, a encostou contra o muro. Agarrou-a. Ela quis se soltar, ele insistiu.

— Todo mundo sabe de você.

Deu um safanão, fugiu. A experiência das ruas servia, ao menos, para se livrar de um sujeito como aquele. Chegou ao apartamento respirando forte, rosto vermelho. A mãe e Paulo tinham saído. Entrou correndo, lavou o rosto. Quando saiu do banheiro, André estava entrando. Nos últimos tempos, o irmão ficava menos em casa. Tinha arrumado uma garota.

— Que aconteceu? — ele assustou-se.

— Um carinha da classe quis me agarrar.

— Ah!

André não pareceu dar importância ao fato. Foi para o quarto. Ela irritou-se.

— Você não se importa comigo!

O irmão a encarou, hostil.

— Pensa que ninguém sabe o que você andou aprontando? Todo mundo acha que você não presta. Eu tenho que aguentar os comentários, as piadas. Pensa que é fácil?

— Mas você é meu irmão.

— Só por isso sou obrigado a passar a vida suportando suas loucuras?

André desabafou. Falou sobre o tempo em que ela estivera mergulhada nas drogas. Das vezes em que abria a janela da sala para tirar o cheiro, só para a mãe não perceber. Da vergonha, quando ela sumiu. Mais que isso. Da mágoa por estar sempre em segundo plano.

— Você deu tanto problema que ninguém pensava em mim. Eu tive que me virar sozinho.

Dora percebeu que André construíra uma vida à parte, onde ela não tinha lugar. Onde ela, Dora, era quase um segredo a ser escondido. Foi para o quarto, pensou em Paulo, na mãe. Acontecia o mesmo com eles. Vivera coisas que jamais teria coragem de contar à mãe ou ao padrasto. Como se tivesse construído uma muralha que a separasse dos outros. Como se, apesar dos abraços, da ajuda de Paulo e da tentativa de formar uma família, tudo fosse uma espécie de teatro. Sim, um teatro onde cada um representava seu papel, mas onde os sentimentos não eram de verdade.

Teve vontade de ir embora novamente. Largar tudo. Cair nas ruas. Até... Sentiu um calafrio. Até o quê? Até se transformar no lixo que era havia poucos meses?

— Se pelo menos eu reencontrasse a Magda! Ela ia entender o que estou sentindo!

Tomou coragem para procurar a amiga. Sentiu um fio de esperança. Quem sabe? Chegou a ligar para sua casa várias vezes. Sempre a mesma resposta dúbia.

— Não está.

— Sabe se ela foi encontrada? Está morando aí de novo?

O silêncio pesava do outro lado do telefone. Davam nova resposta, monossilábica. Desligavam. Um dia decidiu ir até a mansão. Pediu para falar com a governanta. Apesar da má vontade do segurança, a mulher veio até o portão.

— Nunca mais a gente soube dela. Acho que o pai até se arrependeu de ter expulsado a filha, contratou detetive, mas...

A mulher assumiu ar de cumplicidade:

— Temos ordem de não contar a história para ninguém. Fingir que ela está viajando. Agora, tem uma coisa... você não conta pra ninguém?

— Pode dizer.

— Já vi o patrão falando ao telefone, muitas vezes. A irmã e a mãe também. Com um médico. Tive a impressão de que ela pode estar num hospício. E eles não querem que ninguém saiba.

— Tem certeza?

— Certeza eu não tenho de nada!

Não saber era ainda mais triste. A angústia por Magda aumentou seu sentimento de desolação. Às vezes, não tinha coragem de sair da cama. Só Clarice, a mãe de Elias, era capaz de ouvi-la sem preconceitos.

— É como se você tivesse demolido uma casa, Dora. Agora precisa reconstruir. Sei que é difícil — comentou Clarice.

Foi quando aprendeu a segunda lição, definitiva, para continuar limpa. O mundo não é um conto de fadas, nem as coisas se resolvem num passe de mágica. Precisava criar uma nova vida.

Mas por onde começar? Teve esperanças quando encontrou Tigre na saída da padaria. Cumprimentaram-se, sem jeito.

— Faz tempo, hem? — ele sorriu. — Mas você continua bonita.

Percebeu os olhos luminosos do rapaz pregados nela. Quem sabe, se ele a convidasse para sair? Não seria um jeito de...

Mas, por trás do sorriso de Tigre, havia uma expressão diferente.

— A gente podia se ver qualquer hora. Sair, beber alguma coisa — convidou Tigre.

— Eu só bebo refrigerante...

Nesse instante, uma garota aproximou-se. Sorriu, com ciúmes. Pegou o braço de Tigre.

— Vamos, amorzão?

Viu que ele ficou sem jeito. Apresentou a namorada, que a olhou com desconfiança. Saíram. Sentiu uma raiva danada. Então, era assim! O passado era passado. Se Tigre alguma vez sentira interesse por ela, agora era só outra coisa. Ele a classificava como uma garota boa para sair, mas não para nada mais profundo. Novamente teve vontade de desistir de tudo. Fazia o máximo para mudar, mas parecia tão pouco para os outros. Até quando ia continuar se sentindo puro lixo?

Teria desistido se não tivesse ninguém para conversar. Mais que nunca, apoiava-se em Clarice. A mulher a aconselhou a arrumar emprego. Seria uma forma de conhecer gente nova. De construir alguma coisa. Fez fichas em várias lojas. Quando o Natal se aproximou, Clarice e o padre falaram com conhecidos. Conseguiu um bico de vendedora temporária numa butique de um shopping.

— Mas você ainda está se recuperando! — comentou a mãe.

— É só por um mês.

Gostou. Era ótimo sentir o cheiro de roupa nova. Escolher peças nas araras cheias de lançamentos. Aconselhar os clientes.

— Esse jeans ficou bonito em você, bem justinho.

A gerente comentou:

— Quem sabe, no ano que vem você continue com a gente. Vai indo muito bem!

Ganhava pouco, mas se sentia realizada. Fez amizade com as colegas da butique e outras vendedoras do shopping. Era bom poder conversar sem que seu passado flutuasse no meio das palavras. Conheceu rapazes. Muitas vezes era convidada para sair. Nunca aceitava. Mas frequentemente, depois do trabalho, ia com as amigas ouvir música, dançar. Instintivamente, evitava amizades mais profundas e namoros.

Chegou a cruzar com colegas da antiga escola luxuosa. De Magda, ninguém tinha notícia. Algumas das amigas que reencontrou abaixavam a voz ao falar dela.

— Sou a última pessoa no mundo que sente saudades da Magda — pensou Dora.

Certa vez, voltou para casa tarde da noite. Do banco do ônibus, viu um vulto esquálido remexendo uma lata de lixo e teve certeza. Era ela! Deu sinal para parar, frenética. Correu para a porta.

— Abra, é um caso importante! — pediu para o motorista.

— Só no ponto.

O ônibus se arrastou pelo trânsito. Desceu e voltou correndo. Ninguém. Não havia mais ninguém perto do lixo. Correu para a esquina seguinte, divisou o vulto andando, já longe. Gritou.

— Magda. Para, Magda, espera!

Correu. O vulto correu também. Dobrou outra esquina. Quando virou, a rua estava vazia. Verificou as portas de garagem, fechadas. Os jardins de prédio. Perguntou a dois porteiros. Não, ninguém tinha visto. Chegou em casa chorando. O jantar esperava no fogão para ser esquentado. Preferiu se deitar sem comer. Dali a pouco, Cleusa entrou no quarto.

— Você estava chorando?

Estendeu os braços, afundou no peito da mãe. Foi um gesto espontâneo, depois de muito tempo. Tentou falar sobre Magda. A mãe fez um esforço para consolar.

— Talvez não fosse ela. Estava escuro.

— Era ela, sim!

Timidamente, a mãe começou um cafuné nos seus cabelos. Ela estranhou o peso da mão na cabeça. Depois, abandonou o corpo. A cabeça resvalou para o colo. Parou de chorar devagarzinho. Havia muito tempo não se sentia tão perto da mãe!

Depois que ela saiu, ficou na cama, pensando. Por que Magda era tão importante?

— Ela me fez descobrir uma coisa boa dentro de mim!

Lá dentro, ainda sentia o velho vazio. Uma vontade de se perder de si mesma. A vida parecia mais fácil quando usava o *crack*. Era difícil lidar com os sentimentos. A hostilidade do irmão, o afastamento dos amigos, o desprezo de Tigre. Mesmo o carinho da mãe provocava uma emoção estranha. Angústia. Dava vontade de usar droga de novo. Só um pouquinho. Arrependeu-se, imediatamente!

— Você nem devia pensar nisso! — censurou-se.

Certo dia, na butique, notou um rapaz que a olhava de longe. Sorria. Alto, atlético. De terno, o próprio executivo de sucesso. Demorou um pouco para perceber quem era. Só quando ele gritou seu nome, teve certeza.

— Naldo!

Saiu correndo para o corredor do shopping. Abraçaram-se.

— Eu pensei que você... falaram de overdose, Naldo.

— Fui parar no hospital. Quase dancei. Fiquei internado, meses. Dei sorte, me salvei. Passei um tempão no interior. Lembra-se do meu primo? Casou, engordou. Virou fazendeiro.

— E você?

— Voltei. Meus pais reformaram o apartamento. Meu tio me ajudou a arrumar trabalho. Estou no mercado de ações.

Ele ajeitou a gravata.

— Virei homem sério.

Riram muito, evitando tocar no passado. Era comovente encontrar Naldo. Soube notícias de todos os velhos amigos. Mônica, que a abrigara por uns dias, fora viver em Amsterdã. Gui sumira completamente. Isso ela também sabia. Nem a família tivera mais notícias. Talvez estivesse preso. Ou no Rio de Janeiro, para onde muitas vezes pensara em se mudar. Para surpresa de Dora, Naldo e Ed haviam se tornado grandes amigos.

— Foi por sua causa. Ele queria achar você, Dora. Acabou me achando.

— Ele está bem? A doença não...

— Entupido de remédios, mas vai levando.

A gerente fez sinal. Precisava atender um cliente. Naldo convidou.

— Sábado, no apartamento, tem uma festinha. Vai lá. A gente fala tanto em você! O Ed até foi no seu prédio uma vez. Disseram que tinha sumido. E agora... puxa, como você está linda!

— Vou sem falta — prometeu Dora. — Agora preciso ir.

Ele curvou-se, beijou-a nos lábios de despedida. Sentiu um arrepio.

Dentro, as amigas da butique brincaram.

— Que gato!

Preparou-se para a festa com o coração batendo mais forte. Naldo sempre flertara com ela. Quem sabe? Para a mãe, mentiu de leve.

— É uma festa da turma da loja. Volto cedo.

Sentiu uma emoção estranha ao descer diante do prédio onde tantas coisas tinham acontecido. Ao entrar no apartamento, tomou um susto. Estava lindíssimo. Todo pintado de branco. A cozinha com um balcão para a sala. Sofás modernos, cadeiras de couro pretas. Quadros na parede. Velas acesas. A música suave. Gente bem-vestida.

— Dora!

Ed veio em sua direção. Bem mais magro, mas bonito. Abraçaram-se. Olhou em torno, ansiosa. Naldo se destacou de um grupo. Envolveu-a carinhosamente. Explicou:

— Que bom que veio! A festa é caretona. Tem muita gente da empresa. Executivos. Mas a comida é boa.

Conversaram bastante. Cada um contou sua parte dos acontecimentos. Ed fora internado várias vezes. Naldo trabalhava dia e noite. Depois do susto, resolvera apostar na vida profissional.

— Estou crescendo depressa.

Experimentou o peixe com molho branco. Uma delícia. De sobremesa, panqueca de sorvete com morangos. Notou que Ed comia pouquíssimo. Estranhou. Ia tocar no assunto, mas decidiu ir ao banheiro primeiro. Estava cheio. Esperou bastante. Duas garotas saíram de dentro, juntas. Assustou-se. Já conhecia o lance, do passado. Gente junta no banheiro só podia significar uma coisa. Entrou no banheiro, pensativa. Ao sair, notou que Naldo a procurava. Ele aproximou-se, carinhoso.

— Vem pra cá.

O toque suave de Naldo era suficiente para convencê-la. A atração que estava pendente entre eles podia, finalmente, acontecer. Ele a puxou para o quarto. Sentiu seu braço no ombro, gentil. Amoroso, até. Só então viu.

Sentados na cama, em torno de um espelho, Ed e vários convidados faziam carreiras de cocaína. Esquentavam num espelho e cheiravam, uma atrás da outra.

— Esta aqui é especial — disse Naldo. — Puríssima. Comprei em sua homenagem.

Nem conseguiu responder. Aproximou-se da cama, atraída pelas carreiras brancas como açúcar. A mão de Naldo a impelia com doçura. Percebeu que oferecer a coca para ela era uma espécie de declaração de amor. Sentou-se na cama.

— Um lugar para a convidada de honra — disse Naldo.

As pessoas se afastaram. Uma garota a olhava com inveja. Os outros a observavam com respeito. Dora sentiu-se especial. Ed estendeu o canudinho. Ela pegou. Levou em direção ao nariz.

— Uma cheiradinha só... que importância tem?

Nesse instante, lembrou-se de uma ocasião, havia muito tempo, naquele mesmo quarto. Naldo, Gui, Emília e outros amigos do passado. A coca fora oferecida em seu aniversário. Também se sentira especial. Então, surgiu a consciência.

Aquele era um mundo de escuridão exercendo seu fascínio. Uma gigantesca teia de aranha agarrando moscas pelo visgo. Tinha conhecido a dor, a sujeira e a podridão. Mesmo assim, tudo aquilo exercia um fantástico magnetismo. Um chamado. Havia muito tempo, ouvira contar uma lenda grega. Como era mesmo? Ah! Eurídice, a amada de um herói, Orfeu, estava morta. Desesperado, Orfeu foi até o Inferno. Conseguiu que o Deus dos Infernos, Hades, a devolvesse à vida. O deus infernal impôs apenas uma condição. Eurídice seguiria atrás dele. Orfeu não poderia voltar a cabeça para seu rosto até chegar à superfície. O herói apaixonado aceitou. No caminho, ouvia os passos atrás de si. Seria mesmo ela? Como estaria? Virou o rosto. Por um instante, vislumbrou Eurídice, no esplendor de sua beleza. Ouviu-se um estrondo. A promessa fora rompida. As forças infernais sugaram Eurídice, para sempre. Por toda a eternidade.

Não era a mesma coisa com a droga? Se cheirasse agora, cometeria o mesmo erro de Orfeu. Porque o fascínio daquele mundo a sugaria, como sugou Eurídice. Não podia olhar para trás. Deixar que aquele fascínio a arrebatasse. Era preciso fugir. Recusar o mundo da escuridão. Remexeu-se, sentada na cama. Naquele mundo tinha amigos, como Naldo e Ed. Poderia amar Naldo. Casar-se com ele, quem sabe? Pensou no futuro. Naldo estava interessado, sem dúvida. Ficariam juntos. Seriam felizes. Sempre tivera uma queda por ele. Quanto tempo duraria esse conto de fadas? Até faltar a coca, o *crack*, fosse o que fosse. Logo seria preciso mais dinheiro. Brigariam. Venderiam os móveis. Finalmente, venderiam a si próprios. Voltaria a ser um vulto na escuridão. Visualizou o vulto na lata de lixo. Lembrou-se de Magda. Lembrou-se de si mesma, embaixo do viaduto, roubando o prato de porcelana da velha.

Todos esses pensamentos aconteceram num segundo, com a velocidade que só os pensamentos podem ter. Abandonou o canudinho no espelho. Notou que a observavam com surpresa. Levantou-se. A garota que a olhara com ciúmes pegou o canudinho. Cheirou a carreira toda.

— Fica pra mim.

Saiu do quarto, envergonhada. Sentia os olhos pregados em suas costas. Viu as pessoas na sala por outro prisma. Notou a animação artificial. Os risos descontrolados. Eram executivos, universitários, sim. Gente que vista de longe é tomada como exemplo. De perto, notou os narizes vermelhos. Os discursos descontrolados. Quando chegou à porta, a mão de Naldo tocou seu ombro.

— Dora, que foi?

— Naldo, não dá. Pra mim, não dá, nunca mais.

— Pensei que você sabia se controlar.

— Quem é que sabe, Naldo? Você? Até quando? Até cair duro de novo?

Quase tímido ele respondeu emocionado.

— Dora, fique. Eu prometo... eu prometo largar aos poucos. Eu gosto de você. Sempre achei que a gente podia se amar. Seria bom. Eu quero que você fique.

Doía tanto que quase nem conseguia falar. Queria acreditar que era verdade. Amar Naldo. Mas não cometeria o erro de Orfeu. Não olharia para trás.

— Naldo, não dá. Você não vai largar nunca mais. Até.

Partiu. Se ficasse mais um segundo, não conseguiria deixá-lo.

Doía tanto! Nem quis caminhar até o ônibus. Pegou um táxi, gastando quase todo seu dinheiro. Precisava se afastar o mais depressa possível. Mais tarde, em seu quarto, sozinha, chorou e chorou.

— Eu sinto falta de amor!

Pensou em Tigre. Durante anos pensava que ele estaria sempre à espera, para quando decidisse. Da última vez, fora uma decepção. Soubera, por uma colega de classe, que ele estava sozinho novamente. E que ia prestar vestibular para Direito. Entre ela e Tigre também havia alguma atração. Um sentimento pendente.

— Mas agora ele pensa coisas horríveis de mim. Não tem mais jeito.

Uma semana antes do Natal, Tigre apareceu na butique. Uma vendedora ia se aproximar, Dora fez um gesto.

— É conhecido meu.

Cumprimentaram-se, sem jeito. Dora notou que ele hesitava, como se quisesse dizer alguma coisa. Tigre pediu para experimentar um jeans e uma camiseta. Foi para o provador.

— Vem ver. Acho que ficou legal — ele chamou.

Dora aproximou-se. A camiseta agarrada, os olhos luminosos. Tigre estava muito bonito. Ele aproveitou e perguntou que horas ela saía. Disse que ia ao cinema fazer hora. Depois a esperaria no quiosque de café. Então, mandou empacotar a compra.

Passou as horas seguintes com os sentimentos conflitantes. Poderia ir embora sem passar pelo quiosque. Mas não valia a pena ver no que dava? E se ele viesse com ar de desprezo, como da outra vez? Ao sair, tomou coragem.

— Ainda bem que você veio — disse Tigre. — Eu queria falar com você.

— Diz, o que é?

— Topa sair comigo no fim de semana?

— Depende.

— Do quê?

— Não sei se você tem cabeça pra me entender, Tigre.

— Em que sentido?

— Sei muito bem o que você pensa de mim. O que todo mundo pensa. Mas eu não estou a fim de sair só pra ficar junto. Minha vida já se complicou demais.

Tigre ficou pensativo algum tempo.

— Também, não vai me dizer que virou santa.

Ela deu um passo para trás, decidida.

— Tigre, eu estou tentando levar minha vida de um jeito legal. Voltei a estudar, se tudo der certo o ano que vem eu vou prestar vestibular. A dona da butique disse que talvez eu possa ser contratada de novo depois das férias. Tenho direito a viver a minha vida. Agora, se a sua cabeça está cheia de lixo sobre mim, eu quero distância.

Preparou-se para ir embora. Tigre impediu.

— Desculpa, Dora. Sabe, teve uma época que eu fiquei

super a fim de você. Quando você aprontou, deu raiva. Eu tinha um sentimento esquisito, como se você tivesse me traído. Embora nunca tivesse acontecido nada entre a gente. Mas eu nunca tirei você da minha cabeça.

— Mas você tem preconceito, não tem? Tem medo do que seus amigos vão dizer. Da minha fama. É pena. Mas eu não estou disposta a passar a vida toda pagando, pagando e pagando.

Ele abanou a cabeça, confuso.

— Não, não... é difícil saber o que eu sei. Superar tudo que passa pela cabeça da gente. Ao mesmo tempo... eu continuo... você sabe. Tem uma coisa em você que mexe comigo.

Dora respirou fundo.

— Desta vez sou eu que convido, Tigre. Vamos sair no fim de semana.

Ele sorriu, espantado.

— Que mudança foi essa?

— A gente pode bater papo. Se conhecer. Quem sabe?

Naquela noite, antes de adormecer, Dora ficou horas pensando. Nos amigos do passado, nos sonhos para o futuro. Descobriu que tinha sonhos novamente! Pensou também como seria amar alguém sem que a droga estivesse presente em cada beijo. Pensou em Tigre.

No dia do encontro, aprontou-se horas antes. Esperou na sala, vendo televisão. Cleusa e Paulo a encaravam curiosos. Notou que a mãe tinha medo de fazer perguntas. André decidiu:

— Com quem você vai sair, Dora?

— Com o Tigre.

Percebeu o olhar de surpresa do irmão. Por entender de mecânica, carros e motos, Tigre era super-respeitado pelos garotos mais novos, como André. Sorriu, com uma sensação de vitória. Quem sabe, com o tempo, o irmão agisse como Tigre e tentasse entendê-la.

O interfone tocou. Era Tigre chamando na portaria. Despediu-se de todos e desceu as escadas correndo. Ele estava lá, à sua espera. Dora sentiu o coração bater mais forte.

Agora sim estava começando uma nova vida!

Bate-papo com

Walcyr Carrasco

A seguir, conheça mais sobre a vida, a obra e as ideias do autor de Vida de droga.

Reprodução

NOME: **Walcyr Carrasco**
NASCIMENTO: 1/12/1951
ONDE NASCEU: Bernardino de Campos (SP)
ONDE MORA: São Paulo (SP)
QUE LIVRO MARCOU SUA ADOLESCÊNCIA: todos do Monteiro Lobato e *O apanhador no campo de centeio*, de J. D. Salinger.
MOTIVO PARA ESCREVER UM LIVRO: expressar o que tenho dentro de mim.
MOTIVO PARA LER UM LIVRO: prazer.
PARA QUEM DARIA SINAL ABERTO: São Francisco de Assis.
PARA QUEM FECHARIA O SINAL: Drácula.

O mundo das drogas, sem moralismo

Walcyr Carrasco é simpático, bem-humorado, falante e um **observador** atento do comportamento das pessoas. Gosta de conhecê-las, conversar e de estar com elas. Suas histórias refletem esse profundo entendimento da **alma humana**.

Nascido no interior de São Paulo, ele é formado em Jornalismo. Também estudou História e isso talvez explique por que muitas das novelas que escreve — e que são grandes sucessos — se passam em outras épocas. Ele ainda atua como colunista na grande imprensa, publicando crônicas.

Walcyr começou a escrever bem cedo. Aos 13 anos, ganhou sua primeira máquina de escrever. Quando completou 17, viu seu **primeiro trabalho publicado:** uma crônica romântica para o jornalzinho da igreja. Daí em diante, não parou mais. Tem vários livros infantojuvenis no mercado, além de diversas peças destinadas tanto ao público adulto quanto ao infantil.

A seguir ele fala da sua experiência em escrever sobre um **tema forte**, muitas vezes polêmico, mas sem esquecer, contudo, o lado bonito da vida.

Como nasceu a ideia de escrever este livro?
Há muitos anos, li uma reportagem sobre uma menina de classe média que morreu ao tentar roubar o toca-fitas de um carro. Levou um tiro de alguém que estava em um apartamento. Essa notícia me tocou muito, porque mostrava a mãe e o irmão da menina, a desistência deles diante do caminho sem volta da garota. Comecei a ler e pesquisar sobre o tema. Nesse intervalo, o filho de uma amiga quebrou todo o apartamento numa crise de abstinência de drogas. Deu o estalo, resolvi escrever.

Muitos autores consideram as drogas um tema difícil de ser abordado para o público jovem. Você concorda?
É um tema difícil, realmente. Há a necessidade de pesquisa, para se ter informações. Não se pode brincar a respeito ou simplesmente imaginar.

E como você vê a questão das drogas?
Quando jovem, eu pertenci a um grupo de apoio a famílias de alcoólatras, ligado aos Alcoólicos Anônimos. Tive uma convivência muito grande com os passos necessários para alguém se livrar do vício. Desde então, sempre tive uma certeza. Independentemente de qualquer forma de tratamento, a questão é o desejo interior da pessoa, a vontade de sair. É um processo de dentro para fora.

E como você começou a construir o enredo?
Meu ponto de partida foi uma pergunta: por que uma pessoa se entrega às drogas a ponto de acabar embaixo de um viaduto? A resposta é óbvia: porque, inicialmente, existe uma relação de prazer, tanto no consumo como em relação aos amigos. Só depois caem as máscaras. A droga leva a pessoa a um processo autodestrutivo, e o grupo de amigos torna-se semelhante a um bando de vampiros esfaimados em busca de sangue. O que parecia glamoroso torna-se miserável. Existe um antigo ditado, que me inspirou para entender o processo. Diziam os antigos magos que "o demônio surge como escravo, disposto a fazer o que a pessoa quer. Mas depois torna-se senhor, e a pessoa vira escrava". Com a droga, o processo é idêntico.

Você se inspirou em pessoas reais para criar os personagens da história?
Sim, eu me inspirei em várias pessoas. Dora, por exemplo, é o resultado de muitas delas. Conheci gente que entrou na droga e não conseguiu sair. Gente que abandonou os sonhos para viver em

função da droga. O filho adolescente de uma conhecida morreu em um conflito de drogas. Ela só o reconheceu pela roupa, muito tempo depois. Foi baseado nele que construí o personagem Elias.

E como foi transpor essas histórias para o papel?

Foi sofrido. Este livro demorou para sair. Mesmo quando eu escrevia, era doloroso. Quando eu escrevo um livro, convivo com os personagens. Eles se tornam parte de minha família. Acompanhar Dora e seus amigos exigiu muito de mim.

Você tem um carinho especial por algum personagem?

Tenho sim, pela própria Dora. Ela surgiu muito forte, com todos os seus sonhos, desejos. É como alguém que conheço. Existem outros personagens que também me tocaram especialmente, como o Naldo. É um ótimo sujeito, mas não consegue sair do círculo vicioso. Acompanhar Dora e seus amigos exigiu muito de mim.

Alguém mais?

Há uma personagem menor, que é a menina que Dora encontra quando é presa e levada para a casa de apoio. Essa personagem surgiu de uma menina com uma história muito semelhante: começou a ir a bailinhos, acabou entrando na droga e tendo um filho, ainda adolescente. Ela dá um contraponto a Dora. Tenho também especial paixão pelas duas velhas que vivem na rua, lembrando dos tempos em que a família tinha posses. Também existem. Eu as conheci em uma reportagem.

Como você imagina que *Vida de droga* vai ser recebido pelos adolescentes?

Da maneira como ele é. Uma obra séria, mas sem falsos moralismos.

Drogas legalizadas

A mãe de Dora vivia preocupada com que a filha experimentasse bebidas alcoólicas, mas a garota se envolveu com outras drogas, as ilícitas. Porém a inquietação de Cleusa não era à toa. O álcool e o cigarro, apesar de permitidos, são drogas de fácil acesso e que também viciam. A venda só é proibida, mas pouco controlada, para menores de idade, e todas as garrafas e maços de cigarros vêm com avisos dos males que provocam. É comprovado cientificamente que o cigarro vicia tanto ou mais do que a cocaína, e o alcoolismo é uma doença de tratamento difícil, sendo muitas vezes necessário acompanhamento terapêutico para o resto da vida.

Como um livro que apresenta um panorama calcado na realidade. Eu não pretendo dar uma lição, mas mostrar uma trajetória de vida. Espero que o meu livro sirva de ponto de partida para discussões. Cada um tem direito a fazer o que quiser da própria vida. Mas é preciso saber com clareza o que está fazendo. E *Vida de droga* oferece essa oportunidade.

Além de escritor, você é jornalista e roteirista. A experiência nessas outras atividades o ajudam na hora de escrever os livros?

Fui jornalista durante muitos anos. Acredito que o arsenal de repórter, a capacidade de colher informações, histórias, dados objetivos, me ajudou muito a desenvolver este livro. A experiência de roteirista de televisão também foi muito útil. Aprendi que um livro tem que ter história. Viradas de situação para alimentar o interesse, a expectativa do leitor pelo final. O trabalho de roteirista me tornou mais dinâmico.

Cada escritor tem um método próprio de desenvolver seus textos. Como é o seu?

Eu não planejo a história detalhadamente. Eu começo a escrever com uma ideia e vou trabalhando, fazendo as pesquisas que se tornam necessárias. Mas tem um detalhe: eu jogo tudo fora e reescrevo várias vezes até encontrar a estrutura ideal. Este livro, por exemplo, começou de várias maneiras. Uma das versões seria a história contada através dos olhos do irmão de Dora.

Ao escrever um livro, você tem algum leitor em mente?

Sempre, quando começo um livro, deixo que ele fale por si. Ao começar a escrever, a história vai dizendo para quem ela é. Acredito nisso. Quando comecei a escrever *Vida de droga*, por exemplo, eu queria fazer um livro mais ameno. Escrevia e pensava: “mas está ficando forte para o jovem”. Se eu tentava tirar alguma coisa, achava horrível. Ficou forte sim. Mas é isso que é. Uma história forte. Não se pode transformar em conto de fada uma história como essa.

O que você busca com a sua literatura?

Eu gosto de levantar discussões. De dar oportunidade às pessoas para se entenderem e ao mundo que as cerca, através de propostas contidas nos meus livros. Mas também busco o prazer de ler. Se o livro não for interessante, com pique, não há proposta que resista. Resumindo: acima de qualquer tema, de qualquer discussão, o livro tem de ter alguma coisa de fascinante. Senão, não dá.

Obras do autor

PELA EDITORA ÁTICA

Balança coração (juvenil, 1995)
O menino que trocou a sombra (infantil, 1999)
O golpe do aniversariante (juvenil, 2003)
Iracema em cena (juvenil, 2008)
A ararinha do bico torto (infantil, 2010)
Meus dois pais (infantil, 2010)
Pituxa, a vira-lata (infantil, 2010)
Laís, a fofinha (infantil, 2011)
Rick, o nerd detetive (infantil, 2011)

POR OUTRAS EDITORAS

Cadê o super-herói? (infantil, 1984)
As asas do Joel (juvenil, 1987)
Meu encontro com Papai Noel (infantil, 1987)
A corrente da vida (juvenil, 1994)
Meu primeiro beijo (juvenil, 1997)
O selvagem (infantil, 1998)
O anjo linguarudo (juvenil, 1999)
O mistério da gruta (juvenil, 2002)
Estrelas tortas (juvenil, 2003)
O garoto da novela (juvenil, 2003)
O menino narigudo (juvenil, 2003)
Abaixo o bicho-papão (infantil, 2005)
A menina que queria ser anjo (infantil, 2005)
Carolina (infantil, 2005)
Camarões x tartarugas (infantil, 2006)
Em busca de um sonho (juvenil, 2006)
A palavra não dita (juvenil, 2007)
Estrela curiosa (infantil, 2008)
O jacaré com dor de dente (infantil, 2008)
Lendas e fábulas do folclore brasileiro (infantil, 2009)
Histórias para a sala de aula (crônicas, 2009)